정녀들이 밤에 경찰 수의를 지었다

정녀들이 밤에 경찰 수의를 지었다

초판 1쇄 발행 2022년 3월 31일

지은이 이중기
펴낸이 강수걸
기획실장 이수현
편집장 권경옥
편집 신지은 오해은 강나래 김소현 이선화 이소영
디자인 권문경 조은비
펴낸곳 산지니
등록 2005년 2월 7일 제333-3370000251002005000001호
주소 부산시 해운대구 수영강변대로 140 BCC 613호
전화 051-504-7070 | 팩스 051-507-7543
홈페이지 www.sanzinibook.com
전자우편 sanzini@sanzinibook.com
블로그 http://sanzinibook.tistory.com

©이중기
ISBN 979-11-6861-023-1 03810

산지니시인선 018

정녀들이 밤에
경찰 수의를 지었다

이중기 시집

산지니

　2008년 이후, 해방정국 '영천 10월 항쟁'을 정리하면서 틈틈이 끼적거려놓은 '나'와 '영천 사람들' 이야기로만 묶으려고 했으나 암만 봐도 거푸집이라 이것저것 들어내고 『루이 델랑드의 선교 노트』에 기대어 한 공간을 채웠다. 『루이 델랑드의 선교 노트』는 프랑스 파리 외전방교회에서 파견한 한 선교사의 일기 번역본이다. 영천성당 신부였던 그의 일기는 고스란히 해방공간 영천의 은밀한 풍경인데, 당시 사건에 대한 정황 묘사가 없는 메모 형태여서 살아 움직이는 활동사진이 아니라 정지된 스틸 사진 쪽이다. 하지만 '영천 10월 항쟁'에 대한 유일한 기록이라는 사실 때문에 나는 '비매품'인 이 책의 1945년 8월 15일부터 1947년 봄까지 10월 항쟁과 관련된 부분들만 발췌 · 첨삭 · 재구성했다. 이것으로 다시는 그쪽으로 기웃거리지 않을 것이다.

2022년 첫 봄
영천강 北川 가에서 이중기

제 1 부

나는 아직 멀었다

맨발에 고무신이 편해지는 예순도 훌쩍 넘겼는데
나는 아직 야성 팔팔한 농민 쪽에 서 있다

젖은 윗도리 벗어 저녁놀에 걸어두고
늙은 나귀 무릎 주물러주는 구름수염 농부까지는
멀었다 아마득하다

무두질이 안 된 농민은 도꼬마리처럼 까칠하고
바지 둥둥 걷고 무논 질러가는 농부야 뭉게구름 아닌가

헛간으로 뛰어든 까투리 놀란 가슴 가라앉힌 뒤
한 점 궁리 없이 솔개 떠난 빈 하늘에 놓아주고는
돼지고기 몇 근 끊으러 가는 사람이 있다

앉은뱅이 움막에 솟을대문 휘영청 구성없이 걸어놓은
나는 외올실로 엮어 거친 난목 같은 놈

구름수염 너불너불한 농부까지는 까마득하다

우러러 높고 지극할 슬픔

복사꽃 봉오리 솎아내던 코로나의 봄날에 개정판 한 젊은
이를 읽었다

불별 잡아채 목에 휘감아 보인 마술사라고 예전 늙은이들
은 빈정거렸는데

성엣장 아래 물소리로 다듬은 문장이었을 젊은이는 지평
선 팽팽 당겨주는 나무가 되었구나

내가 처음 농사지은 열넷에 그는 노동을 벗었다

어린 솔 모가지 꺾어 하모니카 불던 송기 생각난다

하늘님 같은 신자유주의도 한방에 거꾸러뜨린 찬란한 코
로나의 봄날,

오만 색깔 허거리로 입 봉한 베트남 놉들이 와서 꽃봉오
리 솎아내는 복상밭에서

품값도 못한다고 나는 두 사람을 솎아버렸다

솔 모가지 꺾어 하모니카 불던 송기야 우러러 높고 지극
할 내 슬픔이 아니었던 것

그러니까 나는 너무 늦은 나이에 한 청년을 읽었다는 것

가지치기 하다가

새 몇 마리가 나부대며 해종일 복상나무 위로 들락거리고 있었다

이튿날도 한 무리가 그쪽에서 종종거렸다

며칠 뒤에는 하늘 가득 새 떼가 북풍을 몰고 은하수처럼 흘러왔다

진눈깨비 날리는 한파와 함께 코로나 역병 소문이 먼 도시에서 흘러왔다

나는 얼음장 성질이 좀 눅눅해질 때까지 부초 발가락처럼 웅크리고 있다가

매화나무 뿌리가 물소리 쪽으로 귀 세우는 기척 엿듣자

톱 들고 가위 차고 사다리 위로 올라갔더니

복상나무 가지마다 진흙 발자국이 백 켤레쯤 걸려 있었다

진흙 발자국은 먼 길 떠나는 새들의 항로 이정표 아닌가

그러니까 나는 해마다 새들의 이정표를 싹둑싹둑 잘라버렸다는 것,

새들이 지평선 끌고 가버려 옹색해진 들판에서

서른 몇 해 농사와 내 시인 깜냥이 참 구성없다는 것이었다

틀린 말이 아니다

복숭아나무 가지치기 풍경이 있는 기사 한 꼭지 쓴다며
지방신문 건달 하나가 막걸리 들고 찾아왔을 때
폭설이 마구 쏟아지면서 내 직장은 폐허가 되어버렸다

이 풍경에서 우리 둘만 삭제해버리면
쥐수염붓으로도 못 그릴 수묵화 딱 한 점이구만
서정이라면 모퉁이 많은 심술 첨지가 되고 마는
삼류 시인이야 인간 중심이 아니라고 핏대 세우겠지만
어떠냐? 그 어떤 문장도 압도하는 이 풍경에서
인간이야말로 군더더기라면
또 건달 서정으로 야슬거린다고 빈정대겠지
흥, 농사꾼?
수밀도 비루한 향이나 팔아먹는 장사치 주제에
감히 엇다 팔매질이야
마음은 촛불정부도 심상해진 지 오랜데
말뚝 박아놓고 경상도 빨갱이로 몰아세우는 건달 기자
얄기죽얄기죽 복장 긁어대는 소리에
거꾸로 여덟팔자만 얼굴에 새기다가 지우다가

수밀도 비루한 향이나 팔아먹는 장사치라는
그 말, 전판 틀린 것도 아니어서 한참 킬킬거리다
나는 가지치기가 끝난 나무 위로 올라가 눈발 속에서
톱으로 젓가지* 몇 개 잘라주는 폼도 잡아주었다

* 아주 가느다란 곁가지.

오지, 예순하나

열서너 살에 길 떠난 동무들 어쩌다 홀로 돌아와
옛집 낡은 적막에 길들이기 시작하는
새판잡이 예순하나가 슬금슬금 두려워지는 때

나는 사표 수리가 안 되는 아직 젊은 농사꾼,
두 자 높이로 폭설 쌓아놓고 억수장마도 걸어놓고 오지가
되었네
오래전에 떠난 시간들이 느닷없이 돌아와 손 내밀면서
몸 섞어 거문고 소리 내는 영천강 갈대밭도 보이기 시작
했네
두길보기로 명함 건네며 몽돌처럼 살지 못한
내가 날 내려다보며 골똘해지는 나이,
발뒤꿈치 들고 살그미 온 서정시가 옆구리 집적거렸네
기어이 「서정시에 대한 경고」까지 쓰고 말았는데
몽돌이 우는 먼 바닷가로 가 전향할 수도 없었네

조상이 이승을 간섭하는 이상한 부족국가에서 나는 살
았네

땅을, 삶의 방식이 아니라 죽음의 양식으로 받아들여
환갑이 되도록 내 생은 기록할 줄 몰랐네, 뒤늦게
술 석 잔 올릴 제관도 없는 제사
파젯날 초저녁으로 옮겨 저녁 삼아 젯밥이나 먹을 작정이
었더니
외등도 안 밝힌 입젯날 늦은 밤 지방에 축문까지 써서 달
려온 문장 어른
누르락푸르락 호통에 고개 한번 못 들고 마트로 제삿장
보러 갔네
고작 서른 몇부터 어른 대접 근엄하게 받아 자시는
여든다섯 숙부는 대원이 대감처럼 짱짱한데

찡그린 이마 펼 날 없이 나는 갑년에 닿고 말았네
기왓개미 빻아 제기 닦다 생이 다 저문 윗말 낭자머리 시
늉으로 서러웠네

나와 한국농업정치사

농사 경력 서른두 해야 명함 내밀 처지 아니지만
모두가 양반인 세상 역설한 다산이 터무니없고
일 안하면 먹지 말라던 연암도 민망해졌다
불땀 흘리는 복숭아 농사가 몸에 맞는 옷처럼 편안했으나
단작스런 촛불정부 하는 짓들이 가소로워졌으니
체제에 순응 못 하는 증거일 터이다

사과 북방한계선이 강원도 인제까지 올라가면서
아열대 농사가 이 땅에 적응 조짐 보이자
호남평야 지평선에 기대어 살던 농사꾼들이
영천으로 달려와 포도며 복숭아 농사 희끗거릴 때였다
하늘이 깊어서 농사가 높은 줄 안다는
민주노동당에 나는 가입했으나
안달뱅이 각아비자식들 통합진보당은 거절했다

덜컥, 민주노동당이 사라진 것이나
진보정당에서 내가 떨어져 나온 건 기후 탓이 아니다
복숭아 포도 묘목이 불티나게 호남으로 팔려나갈 때

백도 황도 향이나 팔아먹는 장사치 농사꾼 주제에
신자유주의 냉큼 수용해버린 호남평야
지평선 째려보며 끌탕하는 이 형용모순은 또 무엇인가

영역을 넓힌 사과 북방한계선에서 바라보니
구성없는 한국농업정치사와 나, 제법 얼룩덜룩하다

자서소전 自敍小傳

넓고 두꺼운 전과에 수련장 깔고, 그 위에 국정교과서 죄
다 쌓은 책보 싸본 적이 없으니 물거리 지고 산길 타는 지게
질이야 열여섯에 질나이가 되었는데, 문장 어른이 딸 부잣집
제사 맡을 주손冑孫으로 낙점하는 바람에 읍내 작은집으로
끌려갔다 같잖은 처사부군 지방이나 축문쯤은 반듯하게 쓰
라고 고등학교까진 보내주었는데, 거기서 내가 한 일은 고
조부 이래 3대째 양자로 이을 가계 배반하는 것, 도망쳐 자
퇴서 던지고 허랑허랑하다 생부에게 멱살 잡혀 교장실 바닥
에 던져졌지만, 어느 한 해도 법정 출석일수 채운 적 없다

도시에서 지고 돌아오니 스물아홉, 도망친 거기였다

무쇠솥뚜껑 여닫는 소리 육중해야 할 8대 주손 노릇 짊어
졌으나

유림 문어체만 강요하는 문장 어른 눈에 나는 저잣거리
천박한 구어체였다

수입 송아지 키우다 망한 농민들 소몰이투쟁 기웃거린 때
부터

갈꽃 피는 달밤 걸어가 별빛으로 격문 쓰며 소주병 수없

이 무너뜨린 적반하장의 날들
　옹근 서른 해,
　누군가의 풍경이 아니라 들판의 전위였던
　우루과이라운드에서 신자유주의까지

　그딴 시,
　감히 삶 위에다 놓아본 적 없다
　책이 아니라 남쪽으로 더 멀리 팔 뻗는 나무에게 배워
　주변머리 없는 놈이라는 말 등 뒤에 무성했다
　그깟 서정시도 못 쓰느냐고 고라니조차 빈정거렸다

　그러나 시는 인간 중심이라고 나는 또, 쓴다

입암立巖에서 머리 숙이다

구한말까진 영천 땅 맨 동쪽 끝이었다는 죽장면 입암
거기, 선바위 마을 들며 날며 젊은 나는 거만했다
6대조인 노루목 할배가 채찍 후려 내달린 말발굽 소리에
선바위 근방 부잣집 돈 궤짝이 무너져 내렸다는 말,
그 은유의 멸시와 조롱으로 거품 물던
문중 어른들 말 그늘에 꿇앉아 나는 건방졌다

문중 권력에서 밀려난 노루목 할배 말달려 백 리
북방의 어스름만 가득한 하옥까지 갔다가
소스라쳐 되돌아온 선바위 동쪽 산코숭이에다
학동 겨우 몇이나 기웃거린 가난뱅이 서당 열어놓고
비 한 방울 못 품은 구름 권위 양반 행세 유난했을 것이다
말달려 성내 갔다 오는 늦은 밤
말발굽 소리가 부잣집 돈 궤짝 무너뜨렸다는
오만한 그 은유야 영천으로 옮긴 조부 허세였겠지만
생산 못 한 김씨 할매 미륵처럼 앉혀놓은 채
샛트집으로 권씨 집안 처녀 들여 겨우 대나 이은
노루목 할배가 어찌 채찍 후려 말달린 조선 장부였으랴

괴나리봇짐 등에 맡긴 비루한 노새 몰아 오명가명
도랑물로 겨우 목이나 축인 구름건달이었으리

이 가계 어느 몸에서 이어져 여기까지 왔나
후손들은 천 리 밖으로 흩어지고 조상들만 집성촌 이룰 때
유골 없는 김씨 할맨 흙 몇 삽으로 칠성판에 모시고
피와 살 물려받은 권씨 할매야 무덤 파헤쳐
짚 한 줌 화르르 태워 구덩이 메워버린 문장 어른,
조상 볼모로 휘두른 문중 권력 휠체어에 내려앉았다
나, 볼모 잡힌 조상들 석방해 멀리 저승으로 돌려보내고
선산 빗돌 죄다 땅에 묻는 돌상놈이 되고 싶었다

자술서

내 시는 격문이었노라고 고백해버린 적이 있었다

공업입국 표방 이후 압축성장의 한 축이었지만
야사에서나 돈을무늬로 새겨진 저곡가정책 희생양이었던
아비는 유신제국 신민이라 그 아들들이 분노만 승계한 시
절이었다
우루과이라운드에 딴죽 거는 단체가 있어 거길 찾아갔
더니
진보를 자처하는 그들은 민족농업과 마누라 앞에서만 수
구보수였는데
나는 그게 싫지 않아 푸른 전사가 되고 싶었지만
헛간 말코지에서 벗겨온 소 울음으로는 격문이 되지 않
았다
먼 길 떠나는 자객이 살던 집 불 질러 무너진 야성 팽팽 벼
리듯
최루탄이 터지는 아버지 제삿날 밤거리에서 격문을 썼다
신자유주의는 가장 실패한 인간의 시간이라고

그러나 어쩌겠는가

쇠기러기 노 젓는 소리가 호롱불 그을음을 자꾸 벽 쪽으로 밀어붙이는

죽살이 구한말 「시일야방성대곡」이 어디 무너지는 대들보 버팀목이었으랴

슬픈 가리옷의 훼절로 한 시대가 저물고

과수댁 안방으로 밤마실 가는 홀아비처럼 시부적시부적 신자유주의 완성해버린 나라,

나는 아이들에게 농경문화 유장함도 물려주지 못한 죄 많은 족속,

귀뚜라미 시늉 빗소리로 글썽이다 신자유주의로 투항했다

비전향장기수 쇠기러기 울음에 얼음장 깔리는 어느 날이었다

젊은 다산이 늙은 나귀 편에 슬쩍 물어왔다

그래 어떤가, 살만은한가?

고맙다

퇴직하면 농사지으러 온다던 불알친구가 옛집에 도착했
다는 연락이다
내 감히 독장수구구로 나부댈 일이야 아니겠지만
농사는 먼 곳을 살아내는 일이라 했는데
고맙구나, 그러나 한 해도 못 넘겨 슬픔과 드잡이할 일이
없기를
적막 한 채 걷어낸 자리에 더 큰 적막이 숲을 이룰지라도
내가 말뚝 박은 이 업종에다 여생을 부려버린
친구가 마침내 완성할 생의 바이블이 허공의 집적이 아니
길 나는 빌었다
헌옷 벗고 묵상에 든 복상나무 하늘로 돌아오는 기러기들
에게 손 흔들어주고
늦은 점심 혼자 먹으러 집에 왔다
집 떠난 열일곱 버릇으로 무말랭이 박아놓은 시금장에 밥
비비는데
지붕 두드려 기척하는 빗소리가 낯설다
친구는 맞배지붕 교회에서 흰 수염의 시절에 시작한 농사
아뢰고

불 잘 안 드는 옛날 아궁이 앞에 펑퍼져 앉아 매운맛 보고
있을 것이다

언제쯤 나도 정년퇴직해 어머님께 문앞절*로 아뢰고 길
떠날까

시금장에 박힌 무말랭이처럼 나는 쓸쓸해진다

내가 어머니의 의붓자식이 아니듯

가린 것 없는 팔풍받이 농사도 나라의 바깥이 아닐 터
인데

촛불정부에서도 농업은 기러기처럼 높아 먼 것일지는 알
수 없으나

나는 격문을 버리고 폐허가 되어 오래 더듬거리느라

세월호 타고 가 돌아오지 않는 아이들과 사드나 촛불로
시 한 줄 쓰지 못했다

도깨비바늘여인숙에서 하룻밤 묵고 온몸에 박은 씨앗 떨
구며 가는 고라니처럼 나는 살아갈 것이겠지만

저잣거리 구어체 입말은 끝내 버리지 못할 것이다

빈 밥그릇처럼 수척해지는 빗소리가 눈보라로 바뀌어 복
상밭이 자작나무 숲이다

그 위로 새들 낮게 간다 가끔은 이런 풍경이 쓸쓸해서 괜
찮다
이런 날은 오래 젯밥 굶은 예수쟁이 창수 아재 기일 핑계
삼아 아무라도
막걸리 몇 통 들고 눈길 덥북덥북 왔으면 좋겠다

* 방문 바깥에서 (조)부모님께 올리는 큰절.

논이 두 마지기나 남았는데

뒷골 고래실 두 마지기 흥정해놓고 송아지 팔아온 우라
부지
끝다리 오백 원만 깎아 달라며 흙 묻은 웃음 흘리자
한 푼만 빼도 안 판다며 논주인 고모는 말코지에 걸린 오
재기처럼 찌그러지고
끝다리야 본래 흥정 술값에나 쓰는 거라며 재종숙이 찌그
러진 오재기 만지작거리는데
소꼴은 쟈가 다했으니 그 돈은 둘째 주자며 불쑥 엄니가
끼어들었을 때,
튀어나온 우라부지 탄식이 예순 살 내 등짝에 꽂혀 있다

명색이 소가 한 마린데, 그걸 팔아 오백 원도 안 남으면
나는 우야노

산토끼와 내 열네 살

저 빨간 열매 세 개는 이웃 사랑 상징이라는데
당신 왼쪽 가슴 그 열매보면 나는 산토끼가 생각난다
별똥별이나 주워 공기놀이하기 딱 좋을 고작 열넷에
나는 저 열매 조작해서 산토끼에게 사기 쳤지
기럽은 게 너무 많아 제3세계 민중이었던 때,
그 죄가, 깊어 산토끼와 내 열네 살은 시가 되지 않았네
가야 할 길 코로나로 죄다 끊어진 예순다섯 새해 첫날,
우듬지 갉아먹은 싸리나무도 토끼 똥도 사라진
옛 산에 올라 원시인처럼 환했던 내 열네 살 떠올리네

그렇게 해맑은 순둥이에게 무슨 사기까지 쳤냐구?
구라가 아니야 먼저 얘기부터 들어보라구
찔레 열매 다발에서 세 개만 남긴 뒤 그중 하나 배 갈라
씨앗은 발겨내고 싸이나 한 덩이 집어넣지 감쪽같이
뒷산 여기저기 우듬지부터 갉아먹는 싸리나무에 꽂아두
면 작업 끝이야
일년생 싸리나무는 산토끼들 겨울 밥상이거든
잠깐, 이때 중요한 건 싸이나 숨겨놓은 가짜 열매야

그건 산토끼가 앉을자리에서 멀리 둬야 한다는 것,
애들은 싸리나무가 서 있는 비탈에서 높은 곳에 앉으니
먼저 진짜 열매로 유혹해야 한다는 거야
하지만 산토끼는 귀만 컸지 어휘가 짧아 단순해
한번 맛본 뒤 남은 것도 냉큼 따먹고는 어라, 이상한데?
코 벌름거리며 의심하지만 이미 늦었어
소스라치며 짧게 몸부림치다 그만 축 늘어지고 말거든
그럼 새벽 동장군이 알아서 계엄령 선포하지
산토끼 뱃속으로 영하 이십 도 특공대 투입시켜
싸이나 독이 살코기로 못 가게 꽝꽝 얼려버리는 거야

나는 날 밝으면 산토끼 털목도리에 귀마개 하고 산으로 가
제 수염 물어뜯던 앞니 허옇게 드러낸 채 자빠진 놈들
휘파람 날리며 거두어 오는 나는 산의 제왕이었지
어떤 날은 서른 마리도 넘어 감당이 안 되니까
아버지 불러 바지게로 져다 날랐다니까
그해 겨울은 산토끼가 날 키워 뜀박질은 잘 했으나
산토끼나 내 열네 살은 어휘가 짧아 시가 되진 못했어

톳재비 우화

노을 뒤집어쓴 민둥산 아래 자갈길로 달구지 떼 간다
소달구지마다 잡목 빼곡하게 숲을 이루었다
그 숲 읍내까지 모신다고 소들은 짚신 새로 갈아 신었다
핏물 밴 헌 짚신 대롱거리는 질매에는 장끼란 놈이 목을
매달아 더욱 붉다
언덕마다 생이집에는 톳재비가 우글우글 모여 살아서
소 눈에다 흙 퍼부어 잽싸게 혼만 빼먹는다는데
나무꾼들은 핏물 밴 헌 짚신을 내던져야 겨우 넘을 수 있
었다

거기가 김추자에게 던져 보낼 껄렁한 휘파람 연마하던 내
열네 살이다
여태 거기 살았으나 한 천 년쯤은 떠나 있었던 것도 같다
누군가는 읍내 중학교로 가 영어사전 찢어 씹어 먹을 때
또 누구는 졸업장 받고 나온 학교로 다시 가 7학년이 되
어 있을 때
나는 지게대학 다니다 담배감정에서 술 취한 아버지 뭉칫
돈 훔쳐 튀었다

소달구지 뒤밟아 읍내로 가다 톳재비에게 홀려 헛길 들어 고무신 잃어버리고

밤기차 떠난 역전에서 치기배들 만나 주머니 다 털렸다

톳재비에게 쫓기던 힘으로 예순다섯, 딱 여기까지 나는 늙었다

그때 엿본 톳재비 우화 하나 꺼내본다

마누라 방물장수 내보낸 순지 아비 또 작대기 긋고 취해 돌아오는 십오야 달밤

째보 당숙 무명저고리 휘영청 걸어놓은 싸리울 밑에서

웬 소복 여자 손잡고 나그작나그작 춤추다가 주머니칼 휘둘러버린 날이 있었다

암만 봐도 돌아온 마누라로만 알았다는데

째보 당숙이 내다 버린 디딜방아였다는 톳재비 우화

혼이 빠져나갈 때 아편처럼 황홀했다는 순지 아비 십오야 달밤

열네 살 지게대학 보고서

장대높이뛰기로 대학에 들어간 열네 살 내가 가장 먼저 한 일은
벌써 손마디가 거칠어진 육손이 형 따라 4H 가입하고
못자리 거름으로 쓸 잎 넓은 갈참나무 하러 산으로 가 뻐끔담배 피우며
아배 머리맡의 담뱃갑에서 몇 개씩 훔쳐내는 것이었다
성광표 사각성냥 한 귀퉁이 뜯어내 성냥개비 몇 개와
돌가루 포대기 무두질해 싸들고 다닌 게 내 생애 최초 담뱃갑이었다
잿간에서 솟은 불길 피해 핏덩이인 날 껴안고 옮겼다는 윗각단 맨 끝집에서
중간각단으로 이사해 새마을사업 시멘트 기와 올린
그해 봄부터 황토 져 날라 투피 찍어 지은 잠실 겸 사랑채 알매 치는 날
동네 사람 안팎으로 불러 걸판지게 잔치판이나 벌이라고
영일만호랑이 막내삼촌이 지프차 가득 실어 보낸 산해진미들 중에서
신탄진 두 보루와 전신만신백구소주 한 상자 빼돌려

새마을사업 젊은 주역들 잔치판이 거나했더니

눈치라면 매양 그믐인 아배 머리맡에서 담뱃갑이 사라져
버렸다

나는 주둥이 쑥 내밀고 마른 호박잎 비빈 말이담배나 피
우는 날들이었지만

도근도근 가슴 뛰는 열망의 때도 아주 없지는 않았다

핑계 삼아 홀치기 틀 안고 나오는 월남치마들과 엉큼한
나팔바지들,

육백이나 치며 하룻밤 묵는 버스 기사 꼬드겨

손에 기름때 많은 조수와 여드름투성이 차장은 버려두고

오동잎처럼 십오야 달밤 오동동 오동동 패티김 쇼 보러
가던 열네 살, 아이곰마!

호박돌 얼룩덜룩한 냇바닥에 엎드려 허리 치대던 것들

어린 꼬막들이 묏등 밑에서 오라비들 아랫도리 야무지게
받아내던 그 상피짓거리,

사관학교 야간전술훈련장에서 주운 한 봉지에 알몸 라면
세 개들이 끓여 먹고

엠보싱 같은 어둠의 짚가리 뒤편으로 끼리끼리 고구마 삶

으러 가던 날

　월남치마들은 비린내 난다고 뒤통수 쥐어박았지만

　저음의 배호 노래 메들리로 부를 사람 동네에는 없었던

　털 달린 내 아랫도리야 청룡언월도처럼 휘두를 자신이 만
만했다

　대학교 축에는 못 들어 지게대학으로 불린 내 모교는 어
느 대학교도 못 가진

　거란이나 명나라 청나라 왜나라 미군정 빨치산과 놀아난
톳재비들 야담

　빨간 책들만 나열해도 백만 평으로는 턱없을 도서관이 있
었다, 아나?

도마가 놓인 자리

돌아보지 않는 기러기 자세로 그는 앉아 있다

물러설 줄 모르는 생의 나침반이다

모든 거룩한 것들은 기러기의 힘으로 이 지평선 건너갔다

밥 짓는 사람의 뒷모습이 어디서 왔는가

기러기의 힘으로 와 칼질 소리 몸에 저장하는 푸른 등, 고
등어 본다

도마 놓인 자리가 마지막 인간 중심이다

세상 팽팽하게 잡아당기는 도마 지평선에서 나는 소년 기
러기처럼 자라고 있다

매상 가마니와 시집

우루과이라운드 먼 우렛소리 아래 첫 시집 묶을 때
나는 우라부지 매상 가마니 떠올렸다
굵은 새끼줄 동여 쟁인 매상 가마니마다
흰 헝겊 쪼가리 꼬리표에 박아 넣은 딱 세 자
李哲魯,
그이가 세상에다 써 보인 글자는 이 세 자가 전부였다
이 글자 말고 따로 써 보인 우라부지 글자 나는 본 적 없다
징용 피해 도망간 만주벌에서 겨우 되놈 머슴 살다가
오사카로 숨어들어 궂은일들만 했다는데
발뒤꿈치로 밟아 지고 왔다는 헐값, 일본 지폐 두 자루
해방공간 동대문시장에서 불로 말아먹은 뒤
돌아와 매상 가마니에 이름 석 자 내건 농투성이
쓰던 낫은 대장간 가서 무게 들어내 지차 손에 쥐어준 뒤
쟁기질에 써레질까지 시킨 독종
나는 시집 묶을 때마다 우라부지 매상 가마니 생각했다
뱃구레 등짝 똥구멍까지 마구 찔리며 검열당한
등급 표시 헌데처럼 얼룩덜룩한 우라부지 그 푸른 시집

여기는 별의 수도, 영천

고장 난 무릎과 짱돌 몇 개 박힌 콩팥을 수리하던 지난가
을이었네
맨상투머리 산날망으로 칡넝쿨 걷으러 다니던 여남은 살
동네우물 깊숙이 드리워둔 대광주리 속 삶은 보쌀 죄다
거둬 산으로 갔던
한 기억이 거느리고 오는 수많은 기억의 파도에 몽돌처럼
뒤척이다
이제는 기억 관리사가 필요한 나이에 닿았다는 생각,
더 많이는 정리해서 손 흔들어 보낼 시절이라는 생각과
함께
왠지 올가을은 오동잎처럼 건너가고 싶었네
세로판 옛날 통속잡지처럼 낡아버린 나도 한때는 역전의
용사였지
농사도 처자식도 다 팽개치고 데모하러 다녔던 옛날 전국
농민회총연맹
그 역전의 용사들 불러 화톳불 한번 피우고 싶었네

여기 영천은 별 볼 밤이 많아 '별의 수도'라고 우기지

태우면 불 속에서 능금 향이 흘러나오는 능금나무 통장작
마당에 가득하니

광장에서 연대했던 옛날 전국농민회총연맹 푸른 전사들
불러 잔치마당 펼칠 거야

저 모독의 들녘에서 민족농업 사수! 외쳤던 똥고집들

농사일은 여자 손에 던져둔 채 독립군처럼 데모판으로 떠
돈 역전의 용사들이었으니

산에 올라 사향노루와 너구리에 붉은 목도리 장끼도 몇
분 모셔와야겠지

끓는 가마솥 아래 막걸리는 한 수레쯤 필요할 거야

별의 수도 밤에는 염치 따윈 경영할 일 없으니

순화되지 못한 억양을 가졌으나 깨진 물패기 하얗게 드러
낸 함경도 나타샤

모국어 소화불능으로 혀 짧고 치마 짧은 하얼빈 나타샤도
몇 다방에서 불러내야지

별의 수도에서 염치는 사치가 되는 것

북간도로 도망가 어기영차 쌀농사까지 지어낸 난민의 딸

들과 꽃처럼 흐드러지다

　두만강 남쪽 계곡 호박돌 밑에 그믐달 숨겨놓고 도망 나온 나타샤들과

　양강도나 함경도 어느 굽잇길에서 광장의 노래로 연대하면

　나라를 버리고 와 나라가 없는 나타샤들이 흐드러진 관능의 몸짓 고쳐 존엄을 세울 때

　화톳불은 사위고 별빛을 지우며 진눈개비 쏟아질 때

　나는 기러기 울음과 먼 항적으로 끓인 해장국 내놓겠지

　눈빛이 붉은 나타샤들은 나귀 등에 올라 압록 건너 먼 북방으로 떠나고

　별의 수도 아침에는 빨랫줄 가득 눈 쌓인 자작나무 숲이 펄럭, 걸려 있을 거야

　난데 사람들 불러들인 별의 수도 하룻밤, 이만하면 욕은 안 먹었을라나 몰라

서정시에 대한 경고

파락호들 음풍농월인가 아편 태우는 냄새가 난다
세찬 물살 거슬러 갈 지느러미 아예 없다
보리밭 차고 올라 하늘에 닿던 노고지리 근성 어디 갔나
큰 나라 경영했던 고구려 이후
울분을 일으켜 나라를 구한 문장 왜 없었겠냐만
「절정」*과 「마쓰이 오장 송가」**가 한 시대 문장이었던 때
가 있었다
변방에서 소월 백석 동주 홀로 쓸쓸했으나 드높아 휘영청
했거늘
미문의 예교주의자들 문어체로 쓴 호화양장 한국문학사
백년
저기, 불 꺼진 저항시발전소가 거미줄에 감겨 있다

이후, 나는 불화살 과녁이 되어도 좋다

* 이육사, 《문장》(1940. 1)
** 서정주, 《매일신보》(1944. 12. 9)

제 2 부

골벌국骨伐國

목덜미로 칼 받을지언정 한판 붙어볼 깜냥은 아니었기에
서라벌로 달려간 야음부耶音夫가 논 몇 마지기 내놓듯 던져
버렸다는, 부족국가 골벌은 영천 땅 옛 이름이다 야음부 그
짓거리에 칼 꺼내 들었다는 골벌 사내들 기록은 안드로메다
성운 어디쯤 가야 읽을 수 있을까 나그네 별들이 진눈깨비
처럼 흘러오는 관산冠山에 올라 바람소리 더듬으면, 야음부
뒤통수로 달려가던 돌멩이들이 날개 펼쳐 전설의 새가 되어
날아가는 원시림이 보인다 국경 근처에서 왕의 위엄 벗어버
린 야음부가 화사한 사슴 가죽 옷으로 치장한 처녀들과 막
서라벌로 들어서는 서사는 아직 누구도 읽은 바 없다

내가 왕에서 추장으로 강등시켜버린 야음부 이후 골벌 땅
민선 추장 넷, 제 호주머니 채우다가 내리닫이로 콩밥 먹으
러 간 사실은 유사 이래 첫 기록이다

기룡산이 숨겨놓은 풍경*

1

쫓기던 꿩이 냅다 솟구쳐 솔개 잔등에 올라타버린 풍경
본 적 있나

이 적반하장이 익살맞은 조선 민화 한 폭이라고?

아는 체하지 마라

흰 것이 검은색으로 변한 수염의 사람이 엿본 풍경은 여기
시총詩塚 우화다

그 풍경 찾아 사진기 들고 나서지 마라

사진으로 들켜버린 봉준이 상투머리 눈빛이야 가장 우울
한 근대였던 것,

솔개 잔등 올라타버린 꿩의 문장은 여기 산코숭이에 숨겨
놓은 시총 비밀이어서

아직 흰 수염 검게 변하는 시절에 닿지 못해 나도 말로만
들었다

근두운 불러 냉큼 올라앉은 오공이란 놈처럼

솔개 잔등 움켜쥐고 놀림가마리 삼아버린 꿩의 문장이란

눈 덮인 시총 아래 억수 무덤으로 쏟아지는 맹렬한 물음
표였던 것

2

　억수장마 온다 억수 무덤 생각난다 생전에 억수는 고추박이였을까 떠꺼머리였을까

　기룡산 코숭이 풀잎 융단 구천 평 빗소리 듣는다

　사백 년 시총 신화 신방돌 구실로 억수 무덤은 구성되었을 것이다

　풀잎 아래 비긋는 방아깨비 저픔으로 시총 우화 다시 쓴다

　맷돌 수리하는 매쾌료장수 불러올까나 좁쌀 한 톨 못 쪼개는 갈필을 들까나

　잘난 유림 문어체는 버리고 저잣거리 진창의 장대비 구어체로 쓸까나

　사백 년 후생의 빗소리 듣는 억수 무덤에 수제비 뜨는 부엉이 문장만 고졸하다

* 졸시 「억수 무덤」(『영천아리랑』)에 기대어 쓰다.

막걸리면장

호병계장에 말뚝 박고 만년 부면장이었다
출근부 도장 찍자마자 토시 끼고 대폿집으로 흘러가
찌그러진 주전자 기울여 막걸리
두 잔,
마을금고에 돈 맡기듯 남은 막걸리 저금해두었다가
열 시쯤 또 나가 두 잔이면 한나절이 갔다
면사무소 한복판 볼멘소리 삿대질 다 대폿집으로 모셔
찌그러진 주전자 기울여 민원 해결하던
혀 짤막,
안태뱅이 막걸리면장

번지수?
그딴 거 필요 없다
어느 동네 누구라고 성명 석 자만 대봐라
임고면 스물여덟 동네 호적부 머릿속에 다 있다
숙직하다 면사무소 홀라당 태워먹고 호적부 다 복원한
만년 호병계장이었으나 막걸리면장으로 불린
물 건너 안태뱅이 키 짤막

대머리 이태범 씨,
타고 왔던 자전거 못 타서 끌고 가는
홍얼홍얼 늦은 퇴근길 잃어버린 구두 뒤축
이튿날 출근길에 찾아 끼우던

그 어른 생전에 면장 노릇 한번 했던가 못 했던가

소똥국수

자갈길 꾸불텅꾸불텅 고장도 잦은 버스로 육십 리 비오실
에서 읍내 나가
처음 맞선 봤다는 재명이 형수가 펼쳐주는 1968년 풍경은
산토끼 털 장식이다
여럿이 대면한 뒤 총각이 처녀 점심 대접한다고 하필이면
국숫집으로 이끌었다는데
면발 위에 소 물똥 찔끔 부어놓은 것 같은 국수는 생판 낯
설었다
이 작자가 소똥국수 한 그릇으로 무얼 떠보자는 켯속인가
싶어 끙끙대며
흰 면발 한 가닥 젓가락에 칭칭 감다 힐끗 보니
입가에 소똥 덕지덕지 묻혀 희끗 웃는 모습에 정나미가 떨
어져
중매쟁이 육십 리 발걸음 두 번이나 돌려 세웠다는데
여우목도리 둘렀을지 모를 처녀 적 형수 짜장면에는 소똥
냄새가 없다

시집와서 두어 달 뒤 맞은 시어머니 생신날이었다

점심 무렵에 찾아온 한 손과 맞절한 그 얼굴이 전판 낯설
지 않았는데
시외사촌 시숙 된다는 말에 다시 보니 입술에 소똥 묻혀
희끗 웃던 그 남자였다
비 오는 날 아침은 진갑이라 미역국 먹고 깊드리 물꼬 헐
러갔다가
넘어져 집으로 돌아오지 못한 재명이 형님 파젯날
꿩 털 장식 소반에 소갈비 내놓으며 형수는 자랑이다
이 고기가 나 때문에 고모네 발길 끊은 그 양반이 보낸 소
고기구마
지난 장날 어물전 모퉁이에서 만나 당부했디더
우리가 부부 인연이야 팔자에 없어 내외종간 시숙에 제수
씨로 맺었으니
올 갈에는 죽은 동생 만나러 한번 오시라고
시숙이라 손은 못 잡고 당부했더니 소갈비만 왔더마

부부 인연 거절당하고 고종사촌 시숙으로 나앉은 그 남자
내력은 나도 좀 안다

곰 털 장식 술도가 맏아들로 평생 술 한 방울 못 마신 양반

영천강 남쪽 능금밭이 개발되자 상가 일곱 채 지어 세놓은 육수간 주인

서른다섯에 상처하고 남매 키우면서 씀씀이가 좁쌀이었던 사람

문신이 많아 삼청교육대 갔다 와 쾅쾅 우는 주먹을 가졌던 왈짜 내 친구 큰형님

밥집에서 만나면 고기 안주 시켜주던 그 양반 등 뒤에 수군거림도 있다

스무 살쯤 어린 처제가 안방에서 늙어간다는 소문도

뒷집에는 그보다 좀 나많은 여자가 홀로 산다는 풍문도

윤영실전

바람나 도망간 어미와 노름판 기웃거린 주정뱅이 외딸이
어서 논다니로 살았던들 누가 있어 대놓고 입방정 유난떨었
겠는가

휴전 한 해 전, 능금나무 가지치기 끝난 소한 무렵이었다

스무 살 윤영선, 죄 많은 사람의 딸
그 아비 죽자 머슴 불러들여 첫날밤 서럽게 치른 뒤
새벽,
머슴방으로 시집갔다가
날 밝자 지아비 안채로 모셨다

식은 아궁이처럼 캄캄한 지아비 형제 다섯 불러
만 평, 갱변 호박돌 들어내고 능금나무 심자 은성했다
여섯 형제 슬하

서른일곱 종반과 식솔들이 고구려 백만대군 같다

양밥

오빠야, 저게 뭐꼬? 싹둑 잘라 징채 삼으면 좋겠다야
근데 아이다야, 오메! 도깨비방망이다 그쟈?

참꽃 꺾어달라는 순지 가시나 데리고 애장터 갔던 날, 나
열네 살
대여섯 살 아이 기럭지만 한 다복솔이 발끝에서 머리까지
쾌지나칭칭 왼새끼 휘감고
괴상망측한 몽둥이가 되어버린 것, 본 적 있나?
내 앞에서 곧잘 엉덩이 까고 주저앉아 오줌 싸며 보지 마
새파랗게 눈 흘기던 열한 살 순지 가시나 말마따나 싹둑
잘라 징채 삼으면 딱 좋을
애장터 와서 밤새 놀다 잊어버리고 간 도깨비방망이인 것
도 같이
왼새끼 쾌지나칭칭 휘감고 말라죽은 다복솔 한 채
또 몇 채

그게 짝불알 고치려고 양밥해놓은 것이라고 나는 차마 말
해주지 못했다

그 말 하면 순지 가시나 손모가지가 내 바지춤 헤집을 것
만 같았다

호래이 가죽인지 쪽제비 껍디긴지

청송이라 파천면 왕평 무덤 근방 진보 객주문학관 곁방살
이 하던
하근찬 소설가 유품 인수해 온 영천시가
시립도서관 2층 유리 상자에 시무룩하게 전시해놓은
1972년판 정음사 초판본 『수난이대』 표지,
목차 절반에 판권지만 달랑 남은 것과
펜으로 5번까지 순번이 매겨져 있는 목차에 저자 후기와
판권지만 남아
납작해진 『수난이대』 호화 양장본 얄따란 표지 두 개,
볼 때마다 목구멍에 가시가 돋아
단편소설 열한 편 묵직한 그 책 구해 시립도서관 갖다
주고
호래이 가죽인지 쪽제비 껍디긴지 모를 호화 양장본 표지
는 가져왔다
원고지에 다시 쓸 번거로움 피할 요량이었겠지 아마도
출판사 여기저기 칼로 삐져주다 다 파먹어 폐허가 된 수
난의 책,
살꼬기는 푸줏간마다 갈고리에 걸어주고

빈껍데기만 달랑 남은 호화 양장 『수난이대』,

큰아들이 자리 잡은 미국 가서 살려고 한국을 정리하던 작가 부인이

영천시에다 남편 유품 기증 제안했다가 거부당하자

객주문학관에 보내 셋방살이 눈총 심했던 1960년대 한국 단편문학 고갱이

「나룻배 이야기」「흰 종이수염」「왕릉과 주둔군」「삼각의 집」「홍소」「분」「산울림」「족제비」들 두루 품었던

호랑이 가죽인지 족제비 껍디긴지 알 수 없는 호화 양장본

'권'이 되진 못하고 '개'로만 남은 하근찬 첫 소설집

월남치마 그 여자

삭불이 아잠이 그랬듯 젊은 소가가 있어 다 저문 골목길
숨어 밟는 사내처럼 보였다
월남치마를 입고 잘슴잘슴, 사내 맞이하던 여자도 그래
보였다
구절초 같은 미소가 서늘해 보이던 여잔 숨어 살았고
드문드문 생선 비린내 들고 찾아오는 중늙은이도 늘 주의
깊었는데
저물녘 제 발잔등 오래 굽어보았을 것 같은 그 사내, 여자
는 서럽게도 받들어
저리 숨어서 사는 일 죄 되랴 싶기도 했는데
가끔은 허공으로 향하는 그 여자 눈빛에 먼 광야 우레가
스치기도 했다
월남치마를 입고 잘슴잘슴, 왼다리 절며
빨랫줄에 널어놓은 속옷 위에 보자기 덮어씌우던 여자,
1981년 남쪽 항구 88번 버스종점 동쪽 비탈 월세방 처마
아래
장마철 빗소리에 노다지로 젖는 한 채 적막이었던
여잔 공장에 다녔고 어딘가로 갔다 와서 왼다리 절었고

또 쫓기는 중이었고

　제 발잔등 자주 굽어보았을 사낸 그 여자 배다른 오라비
였고

　대목장날 어물전에서 스친 아낙이 혹 그이였나?
　어깨 툭 치고 잘슴잘슴, 북새통 속으로 묻혀버린 그 사람

홍옥 가슴

복숭아가 익었다고 기별해주고 싶은 사람이 있다
옛날 통영 어디 산다는 사람은 곧 환갑에 닿을 것인데
그 사람 열일곱 영천강 북천 외나무다리 떠올려나 줄까
수밀도 쥐어 준 열아홉 청년 얼굴 남겨나 뒀을까

손바닥만 한 복상밭 한 뙈기가 전부였던 집
날품 팔던 어미가 절룩거리자 딸들이 고단했던 집
걸핏하면 버스바닥에 눈알 떨궈버리고
차 세워 죄다 내린 뒤 먼지 묻은 개눈 찾아 끼우며
낄낄 웃던 주정뱅이 개차반 상이용사 막내딸

엄마 노릇 큰언니 가리개 차고 일 나가던 가시나
찌그러진 가리개 안에 헝겊 구겨 넣고 가슴 힘껏 내밀어
한약 냄새 들끓는 물 건너 과수원 능금 따주러 갔다가
젖 가리개 안에 홍옥 두 알 숨겨 오던 가시나

한약 냄새가 상여에 실려 산으로 가버린 그해
발등 위로 또르르 굴러 내린 홍옥 젖무덤 들켜버린 뒤

생이 어긋난 열일곱 가을은 낙장불입이었다
아비 손에 머리채 잡혀 나많은 사내에게 던져진 가시나
내 찬란한 떨림이면서 슬픔이었던 홍옥 젖가슴

그 사람 홍옥이라 불러도 얼굴 안 붉힐 나이가 되었다
붉어서 아름다우나 너무 신, 홍옥
중세 적 우리 슬픈 말로 귀뚤귀뚤 첫소리 들리면
내 생의 첫 남루였던 사람 안부 궁금해진다

얼금뱅이 미륵

비알밭 일구다 엉덩이가 삐딱해진 동네 아낙들 오금에 쥐
날 때쯤이면
산이 알아 그늘 드리워 굴뚝마다 몽실몽실 저녁연기 올려
주었다
저렇게 몸으로 갚을 줄 아는 산 밑에서 나는 살았다
소 건너간 냇물 떠다 고깃국 끓이던 시절이었다
우물 퍼 올려 이고 가 한 살림 꾸려내던 얼금뱅이 웃음은
박속처럼 흰데도
말반죽이 거칠어 도무지 정면대결이 안 되던 동갑내기
생의 고수,
억수장마 속으로 물 길러 갔다가 빗물 한 동이 받아 와 밥
짓는 당찬 재종숙모로 왔다
한 집안 일으켜 세운답시고 궁리만 많았던 것인가
도시에서 지고 탕자처럼 돌아왔을 때였다
사내자식이 간첩질만 안 했으면 어깨 펴고 살아야지
하면서 철썩, 등짝 두드려 내놓은 닭 두 마리에 막걸리 몇
주전자 여태 갚지 못했다
서울 유학과 고시공부 십 년 시동생이 법원주사로 주저앉

아버리자

　시전지 재물 몽땅 털어먹었으나 군소리 없이

　산 뒤꿈치 타고앉아 한 집안 일으켜 세우느라 삐딱해진 엉덩이 실룩거리며

　나보다 스무 해쯤 후다닥 앞질러 깊어졌다

　너부데데한 얼굴로 말반죽도 찰지게 주물럭주물럭 빚은 보릿겨 누룩

　뀌째* 태운 불구덩이에서 구운 깨주매기**로 담은 시금장이 일품인 사람

　아무 곁에나 앉아도 뜨신 내가 활활 나는 수다쟁이

　딸내미 넷 다 물리치고 병원에서 남편 수발 두 해째 말뚝 박은 얼금뱅이 재종숙모

　언제 비 오는 날 불러 말반죽도 찰지게 삼겹살이나 실컷 구워 먹이고 싶다

* 타작할 때 알곡과 분리된 보리 까끄라기와 검불.
** 보릿겨로 만드는 시금장의 재료.

치사한 논쟁

한강 남쪽 성城들 홀랑 말아먹고 군대조차 흩어지자
기러기 날아가는 푸른 강 압록이라도 건널 기세로
잘난 임금 도망 길 발바닥 물집 자리에 또 물집 잡힐 때,
고을 아궁이 죄다 긁어낸 재 가루
횟가루에 모래 섞어 퍼 담은 가마니 첩첩 쌓으며
창의정용군은 마현산에서 재갈량처럼 엿보고 있었다

조랑말 걸음 관군은 아직 멀리 있는데
마침내 건들매가 천리마처럼 달려오고 있었다
농사 내던지고 몰려온 창의정용군 가마니 헐었다
재 가루 천 가마
횟가루에 버무린 모래도 천 가마
갈기 세운 건들매 잔등에 실어 눈썹 아래 성안으로 마구
날려 보냈다
불붙인 짚단과 잉걸불이 내려앉은 초가지붕마다 검은 연
기 치솟는
그 아수라 속으로 창의정용군 성벽 넘었다
양 떼 몰아서 호랑이와 싸운* 임진년 첫 승전보였다

영천전투가 명랑해전과 더불어 통쾌했다**

후세, 여기 뒷골목엔 임진년 몽진보다 치사한 논쟁 있다
못난 임금 선조실록이 기록했다는 '영천성수복대첩'
국사편찬위원회가 홀대한다는 주장이다
그 주장 뒷전에 창의정용군 대장 자리다툼 치열하다
왜군 조총에 스러졌으나 그 이름 남기지 않은 수많은 창
의정용군이 있었는데
가으내 죽을 판 살 판 밤공부하는 귀뚜리 공염불처럼
이 곤댓짓 문중 싸움은 역사가 깊어 이끼만 푸르다

흑발 한 뭉치

비녀 길게 뽑아 내던지자 낭자머리 서럽게 흘러내렸다
딱 사흘, 몸만 겪은 남편은 일본 유학생이라 겨우내 가마
니 짜던 새색시
종아리에서 출렁거리는 머리채 끌고 열두 자 사다리 끝에
올라섰다
머리칼로 나뭇가지 휘감아 매듭지어 목에 걸고 사다리 차
버렸다
열아홉, 김남순
발뒤꿈치에 닿으면 남편 유학비 보탤 머리채였는데

그악스런 노파가 막무가내 손목 끌어 따라갔더니
밑절미도 없이 팔자 한번 고쳐보라는 것이었다
재물 많고 인물 좋은데 세 살짜리 아들이 딸린 친정 조카
라며
자식도 없는 시집살이 팽개치고 개가하라며 옆구리 긁는
것이었다
등줄기에 와락 감기는 벼락 참깨 털 듯 투두둑 털어버리고
샐쭉 돌아섰는데

에구구, 세상 참 말세라카이 글쎄, 그 집 며느리가 중매 부
탁하더라니까
뜬금없는 참새 방정이 동네방네 뒤집어놓았다
한판, 머리끄덩이 잡다 온 시어미
춘향가 완창하듯 늘어놓는 힐난 온몸에 칭칭 감고
탱자 울타리 일곱 굽이 돌아간 강가 능금밭 열두 자 사다
리에 올라
훌쩍 별건곤으로 가버렸는데

한 달 뒤였다
금호면 황정동에서 읍내 장터거리 나온 마흔하나 시어미
옹구바지 사내 무릎 위에 툭, 던져놓은 흑발 한 뭉치

보소! 물건이사 한강 이남에서 제일 아닌감?

가리봉동에서 보내온 조난신호

사타구니에 디디티가루 주머니 달고 살았던 스물셋,
유신정권 마지막 그해 크리스마스 위문품 과자봉지는 거
대한 축복이었다
그 과자공장 가시나들은 어쩌면 그처럼 깜찍한 발상 꺼내
들었을까
이등병 하나 보초 서며 크리스마스 위문품 과자 먹다가
혀끝에서 바스러지는 과잔데 입안에 맴도는 게 있어 꺼내
보니
접고 접은 종이 한 장이 푸른색 실오리를 물고 있었다

그날 이후 어떤 위문품 과자봉지는 누군가의 찬란한 희망
이었다
명함보다 작은 종이에 적힌 순이 옥자 영희 주소가 별처
럼 반짝거렸다
가리봉동은 망망대해였고 거기 과자공장은 난파선이라
그 난파선 가시나들이 쏘아올린 조난신호, 살짝쿵 윙크에
병사들은 전율했다
다음 해, 고참 상병 혼자 위문품 과자봉지 죄다 뜯어 찾아

낸 주소 셋으로

　십팔 량 기차 길이만큼 긴 사연과 구명줄 던져 보냈는데
　그런 짓거리쯤이야 알아봤다는 듯 응답 없었다
　일등병 하나 고참 상병 수첩에서 훔쳐낸 가리봉동 주소로
　월정리역 녹슨 열차 잔해 아래 사는 늦가을 귀뚜리 문장
으로 조난신호 보냈더니
　눈 내린 철원평야 수색대 독립소대 벽돌 막사로 파랑새가
날아들었다

　아이엠에프 때 남편이 다른 별로 가버린 신옥자 씨가 그
파랑새다
　중학교 졸업하고 이듬해 구례에서 올라온 나어린 처녀는
　슬픈 언니들 조난신호 살짝쿵 윙크, 장난 훔쳐보다가
　도근도근 뛰는 가슴으로 딱 한 장 흉내 내며 설마 했는데
　뒤늦게 일등병이 보내온 귀뚜리 문장 온몸에 휘감고 야
호! 외쳤다 한다

난대나무 여자

제피와 난대*를 구별할 줄 알았던 처녀가 열아홉에 맹서
한 남자는 월남 정글에서 돌아오지 않았다

스물셋에 만난 남자가 아라비아사막으로 가자 여잔 몸에
가시 박은 난대나무였으나 제피 향이 아찔했다

그해 여름, 콧등 우뚝한데 라이방이 멋진 사내 앞에서 가
시 털어버리고 멀리 갔는데,

라이방 벗어놓고 일 나가 돌아오지 않았다

나뭇가지가 멀리 뻗은 쪽으로 길 떠나 산마루 넘자 눈이
내려주었다

영천역전 여인숙 호객꾼으로 살금살금 속곳 벗으며 시래
기처럼 고드러져갔다

어느 날, 몹시 말 더듬는 한 사내가 와서 닷새 기약하고
잠만 잤다

그 사내 눈빛 처음 마주쳤을 때 먼 기억의 강물이 목덜미
적셔주는 서늘함에 몸 떨었다

무르팍 으깨며 화물열차가 지나가는 새벽이었다

여자는 온몸에 향기 지우고 그 사내 적막 속으로 여우처
럼 스며들었다

물결 일으켜 사내 몸 극진하게 섬겼다 몇 날을 서로가 서
로에게 거룩했다

역전 구두닦이가 꿈인 육손이는 제월순 팔 베고 꿈속에서
구두 광낸다
육손이 껴안고 여자 몸이 열아홉처럼 싱싱해진다
이 육손이 받자고 여기까지 흘러왔구나
그것 참 용타, 서른여섯에 얻은 육손이가 제월순 어화둥둥
하나 새끼다
성 없다, 그래야 뭐 슬플 거 없다 육손이 전도야 양양하리
라 눈썹 까딱 안 했다
향기 잃어버리고 몸에 가시 박은 난대나무 제월순, 생이
싱싱해졌다

* '산초'의 사투리.

깊은 풍경

1

산마을 내리막길로 걸어갔던 열네 살 소년이
흰 머리칼 쓸어 넘기며 그 길 되짚어 올라오고 있었다

몸 전체가 다친 흔적이다

볕 좋은 둔산遯山 조모님이 그랬나
도꼬마리 열매가 무릎 양쪽에 됴고약처럼 붙어 있다

2

원피스와 아파트를 좋아하는 여자는 먼 곳에 있다
갓 마흔에 남자를 버린 딸은 더 멀리 산다
다만 두어 번 한 여자가 택배로 밑반찬 보내왔을 뿐,
적막과 맞서려고 버린 담배 다시 물었다
쥐코밥상 두 해, 피뢰침처럼 견뎠다
늦은 봄 둔산 하늘에 제 이름 부르는 꿩 울음 시퍼렇게 걸
린 날,

　　신방돌 위에 고무신으로 지질러놓은 종잇장의 여남은 글
자가 간곡했다

　　통째로 남의 생만 살았을 사내 뒤처리 동네 몸살 마지
막 날
　　성질 텁터부리한 중늙은이 몇만 남아
　　슬픔도 없이 솟은 난쟁이 봉분에다 마지막 뗏장을 입히자
　　퐁당퐁당 수제비 뜨는 쑥국새 소리에 홀아비꽃대 살금 문
여는 시간,
　　또 노을이 와서 사람들은 빈속 채우러 마을로 돌아가야
한다

슬픈 이름들

시집살이 첫 밥 지은 아궁이에 불쏘시개 삼아버린 것,
끝자 조야 눔이 꼭지 섭섭이는 슬픈 옛날 여자들 이름이
었지
숫을대문 지나가다 코끝에 묻힌 고기 비린내로 한 끼 잘
먹었던
막사발 같은 그 이름 앞에 당당할 사내 없다

빠각빠각, 빠가사리 울어 목화송이 하얗게 터지는 읍내
변두리 냇가 마을
내가 아는 섭섭이 할매는 소가로 살다 한 남자 땅땅 거느
렸다
열일곱에 늙은 사내에게 팔려 골목집으로 숨었다가
해방 다음 해 가을에 가족 잃고 장독 오른 영감 탕약이나
달이다가
코딱지 후벼 파듯 그 영감 사랑채로 들어내고 딸깍발이
하나 불러 앉혔다
그 사내, 일곱은 소작인 주고 셋만 먹자 했다
근본은 어쩔 수 없어 늦가을까지 호미자루 놓지 않고 몸

부리면서

　만주 간 빚진 아비 기다리다 여든까지만 섭섭하게 살았다

　온 산야 초록 캐고 뜯고 꺾어다 식구들 목구멍 추슬렀던
치마폭들
　자정 지나 들이닥친 빨치산 보리쌀 반 말 한저녁도 짭짤
하게 차려낸 깜냥들
　두 칸 움막 애옥살이 추녀에도 곡선 출렁출렁 유장하게
살려낸 우리 낭자머리들

　살펴보면, 들판마다 벼랑 찾아가는 메꽃은 피어 있다

기룡산 북쪽 산돌배나무

달의 뒤편 같은 기룡산 북쪽 구름공장 산돌배나무에 어깃
장 놓으러 간다

백 번을 소스라쳐 굽이치며 화냥기 낭자한 인공 호수 쪽
벚꽃길은 버리고

소가 쟁기 끄는 산밭 아래 횡계계곡 물소리 옆구리에 차
고 가는

이 길은 해방정국 주의자들이 발명한 기룡산 슬픈 북벽北壁
이다

상형문자처럼 수많은 어휘를 가져 슬픔이 깊은 사람도 거
기 흘러가 산다

두 벽을 통유리로 세운 집 비밀정원으로 떠돌이별 불러
밥상 차려주는 사람

가시 오밀조밀한 엄나무 몇 그루쯤 품었을 것도 같이 수
줍음이 많아

그 여자 사람이 멀찍이 두고 끔찍한 산돌배나무가 지금 막
삼백쉰여덟 살 자궁으로 뭉실뭉실 밀어내는 연금술인 뭉
게구름의 저 순결한 폭발!

하염없이 몰려오는 수만의 꿀벌 잉잉대는 소리로 산돌배

나무는 거대한 거친물결구름이다

저 거친물결구름이 해방정국 누군가가 북명北銘해놓은 것
이라고 나는 우기고 싶은데

이 구름공장 외상 장부에 이름 올려놓고 일곱 해나 시 한
편이 없냐고 눈 흘기며

안내판은 한사코 조약돌이 모래가 되는 삼백오십 년 저쪽
을 가리키지만

나는 또 해방정국 산돌배꽃 향기 속으로 지나갔을 한 주
의자 떠올리는 것이다

참 악다받게도 그이가 풍찬노숙으로 세우고자 했던 것이
있었다면

슬픈 내 어깃장이야 산돌배나무 연금술인 뭉게구름이라
고 막 우기는 것이다

마리안과 마가레트

그늘 한 뼘 없는 불볕의 둥근 지평선 끝까지 걸어가
생판 낯선 사람 발바닥 물집에 입 맞추며 환한 사람이 있
었다

젊은 몸, 소록도에 가둬 늙어버린
마리안과 마가레트
오스트리아에서 왔으나 치마폭이 넓었던 사람
남도 소리에 절어 늙은 몸 끌고 밤 썰물처럼 가버린 염치
가 참 거룩하다

돌아가서도 추억이 아름다운 사람은 쓸쓸하겠다
남도 도마 소리 그리워 눈물짓겠다
동북아시아 외딴 섬 파도 소리로 칭얼대겠다

남도 사투리가 구수했다는 사람

제 3 부

문을 열다

등 뒤, 손가락질 붉은 누명에 오죽 치 떨었을까

농민조합이나 재건 조선공산당이 남겨놓았을 전언 찾아
다니던 때였다

늙은이들은 죄다 하늘에서 전향해버린 뒤뚱뒤뚱 상형문
자 벙어리 거위로만 남아 있었다

나는 그게 씁쓸해서 스무 해쯤 외돌았는데

어느 가을 다저녁때 누가 꿩 떼들이 붉은 종소리로 치솟
는 곳으로 나를 불러주었다

제 발등 오래 굽어보았을 텁석부리 선교사가 머물렀다는

거기, 청계석벽 꽉 비틀어놓은 걸레주름 계곡 불란서 문자

빨갱이 동네로 소문난 한 소읍의 거친 풍경을 나는 번역
본으로 읽었다

자 봐라,

버려진 해방정국 영천 10월 아이고땜 천만 평 위에

밤에 정녀들이 경찰 수의를 짓는 계면쩍음도 거기 걸려
있었다

불란서 문자로 쓴 영천 10월* 1
―1945년 8월

성모승천 대축일 행사가 끝난 15일 오후 다섯 시쯤 나는 청년들에게 휴전**협정이 진행 중이라는 소식을 들었고, 저녁 일곱 시 라디오에서 휴전협정 체결 사실을 확인할 수 있었다 이튿날부터 사람들이 몰려다니며 새나라 건설에 관한 온갖 가설들이 난무했다

17일 밤, 읍내 동쪽 일본군 숙영지가 비워지자 사람들이 식량, 옷가지, 세간살이며 눈에 띄는 건 몽땅 약탈해 갔다 김동욱 마티아 신부가 19일 저녁 대구에서 왔다 '흥분의 도가니'라고 그는 말했다 절과 개신교가 아주 소란스럽다고 한다

일본인들에게 관대하며 침착하라는 당부가 계속 라디오에서 흘러나온다 경찰 권력은 읍내에서 아주 사라졌다 나무총으로 무장한 젊은이들이 돌아다니며 치안을 대신한다 타지에서는 흉흉한 소식이 곧잘 들려오지만 영천에는 복수와 징벌이 두려운 경찰 몇몇이 도망갔을 뿐, 조용하다 폭풍전야의 고요인가?

29일 저녁에 경찰서장 나토리 씨가 직접 와서 내일 무세 주교님이 이곳으로 오신다고 알려주었다 나토리 씨는 최근

에 아기가 태어나 우릴 초대할 수 없다며 그가 내일 아침 이
곳으로 오기로 했다 그는 내게 좀 남다른 사람이다 지난 3
월 그가 부임한 뒤로 내 행동에 제법 자유가 허락되었고, 성
당도 징발당하지 않았다

* 1946년 당시 영천성당 신부로 영천 10월 항쟁을 기록해놓은 일기를
번역한 『루이 델랑드의 선교 노트 1』(포항예수성심시녀회, 2017)
** 『루이 델랑드의 선교 노트』는 '종전'이 아닌 '휴전'으로 표기하고 있다.

불란서 문자로 쓴 영천 10월 2

—1945년 9월

조만간 온다는 미군들을 잘 맞이할 방법에 대해 알려달라며 사람들이 찾아온다 나는 '남한 국민들에게'라는 미군정의 첫 발언에 대해 말해주었다 거기에는 '협조, 복종, 주의'를 요구하며 민주주의는 분명하게 약속하고 있었다

갈수록 읍내는 무질서가 심해진다 만나는 사람마다 공산주의, 민주주의, 농민조합*만 들먹인다 별동대**가 경찰서를 점령하고 경찰 몇 명을 감금하는 사이 나머지 경찰들은 도망쳤다 사람들은 오로지 복수, 권력, 재물만 취할 생각으로 빚 갚기도 거부한다 예전에 순사였던 두 사람이 찾아와 용서를 빌었다 그중에서 김제하는 몇 년 전, 카타하마와 함께 나를 간첩으로 몰아 투옥시킨 장본인이다 나는 그들의 교양 부족과 사람을 경시하는 태도에 대해 아주 냉혹하게 지적해주었다 한국인들 명절인 추석, 물가가 비싸 궁핍한 그 와중에도 아주 푸짐하게 차린 음식상을 받았다

용평 출신 두 청년이 밀항선을 타고 돌아왔다 일본 항구마다 사람들이 몰려 북새통이라고 한다 몇 해 전 만주로 떠난 두 처녀도 헤아릴 수 없는 위험을 뚫고 돌아오는 데 성공했다 만주인들은 아이는 죽이고, 가진 것 없는 남자들이야

떠나거나 말거나 여자들만 꼭 데려간다는 것이었다 우리말을 안 쓰는 버릇 때문에 두 처녀는 일본인으로 오해 받아 한국인들에게 맞아죽을 뻔한 일이 한두 번이 아니었다고 한다 기찻길 주변에는 살해되고, 굶어 죽고, 기차에서 던져버린 아이들 시체가 즐비했다며 두 처녀는 울먹였다

* 1930년대 중반 이후 일제의 탄압으로 활동을 중지하고 잠적했던 농민운동 주축 세력이 해방 직후 각 지역에서 농민조합을 조직해 활동하다가 1945년 12월 결성한 전국농민조합총연맹. 10월 항쟁 당시 영천의 농민조합 숫자는 3만 명에 가까웠다고 전해진다.
** 노출을 꺼린 '재건조선공산당' 조직으로 추정된다.

불란서 문자로 쓴 영천 10월 3

—1945년 10월

마침내 군인을 앞세운 미군정 당국자들이 왔다 거리에는 장식 마차를 앞세운 가장행렬 환영식이 있었다 소란과 무질서, 분별과 감각의 부재, 저속하고 상스럽기 짝이 없어 내가 다 민망스러울 지경이었다 미군정 당국자는 젊은이들이 저지른 오류를 인정하지 않을 것이다 사람들은 공산주의가 실현되지 않을 것이며 오래 지속되지도 못할 것이라고 말한다

언론 출판에 자유가 주어진다고 한국 신문이 보도했다 단번에! 너무 많은 것 아닌가?

또 명칭을 바꾼 별동대가 경찰 직무를 부여받았다 차라리 잘된 일이다 별동대에게는 그들의 부족함과 도덕적 결함을 드러낼 기회면서 파멸로 가는 길이다 동시에 미군에겐 한국인의 성숙함을 지나치게 신뢰했다는 좋은 경험이 될 것이다

영천경찰서 소속 미군장교 두 명이 통역과 함께 왔다 나는 통역을 돌려보냈다 그는 공산당 혹은 읍내의 그 비슷한 부류와 연결된 사람이다 나는 몇 가지 정보를 글로 적어 장교에게 건넸다 같은 날, 청년 공산당원들이 경찰서와 행정 분야에서 밀려났다 16일에는 한국인들로 경찰서가 새로 조직되었다

쌀 한 말에 90엔이고 갈치 한 마리가 15엔이다 너무 많이 풀린 돈이 물가폭등 원인이다 11월 1일부터 식량 배급을 없앤다 어떻게 살아갈 것인가? 그것이 가난한 월급쟁이, 식구가 많은 가정의 근심이다

용평본당*으로 돌아온다는 뤼카 신부님 편지를 받았다 나는 종부성사를 주러 도동에 갔다

* 화산면 용평리 소재 영천 최초의 성당. 루이 델랑드가 1934년부터 1940년 4월까지 머물렀던 곳.

불란서 문자로 쓴 영천 10월 4
—1945년 11월 11일 주일

읍내 유지들 모임에서 영천지역주둔군사령관이 이곳의 모든 권한은 그에게 속해 있음을 선포했다는 소식이 들려왔다 그는 물가 인하를 위해 노력해서 서민들의 생활을 돕겠다고 했다

경찰서 앞에서 공산주의자들 시위가 있었다 미국은 새나라 건설에 개입하지 말라고 주장한 시위가 공교롭게도 그 단체들 술책에 관한 조사를 촉발시키고 말았다 인민위원회와 별동대를 계승한 '인우당'*은 확실하게 공산주의 이념을 가지고 있다 이 단체들 본거지 수색이 있었다니 꽤 많은 사람들이 체포될 것이다

민주주의 단체를 조직한다는 소문이 돌고 있다 경찰은 폭동을 선동한 사람들과 인민위원회, 특히 인우당에 대해 일주일 내내 추적했다 이념과 성향에서 인우당은 공산주의라는 사실이 명확하게 드러났다 이들은 외국인들이 사라지기를 바란다 이것이야말로 외국인 혐오증이다 이러한 경향은 이미 오래전부터 대구의 사제들 사이에서 나타났었다

한국민주당 홍보 벽보를 뜯어내려고 소방대원들이 인우당과 합세했다 경찰이 개입해 당원 여럿을 체포한 모양이다

나는 영천지역주둔군사령관 브리그 중위를 만나러 갔다

* 노출을 꺼린 조선공산당이 내세운 조직으로 추정된다.

불란서 문자로 쓴 영천 10월 5

—1945년 11월 19일 월요일

며칠 전, 읍내에서 한국민주당이 조직되었다 간부 중에는 의사들과 읍내에서 힘 있는 인사 몇몇이 포함되었다 그러나 한민당 이념은 아직까지 드러나지 않았다 외치는 말로는 민주주의 쪽이지만, 실천 방식에서는 공산주의를 따르는 것 같다 무엇보다 이 당의 핵심인사 몇몇은 비난에서 자유롭지 못하다 그들이 예전에 어떻게 재산을 축적했는지, 일본경찰과 관계하며 첩자 노릇까지 한 사실은 읍내 사람들이 알고 있다

오늘 가져오겠다고 약속한 쌀이 도착하지 않았다 마을마다 대표자가 있는 농민조합에서는 자기 마을 쌀이 밖으로 나가는 걸 막는다고 한다 내가 미군당국자에게 개입해 줄 것을 요청하자 그들은 곧 그러마고 했다 내가 신뢰하는 그 사람이 쌀을 가져오지 않으면 투옥시키겠다는 미군당국자의 단호한 명령서를 마을로 보냈다

다리가 하나밖에 없는 사람이 이곳에 들어왔다 그는 성이 염 씨라고 했다 오후에는 한 트럭 가득 장작을 실어 왔다 일꾼이 없어 경찰들이 그 땔나무를 날라다 주었다 세상이 많이 바뀌었다

　지역주둔군사령관 브리그 중위 후임자 게이 중위가 도착했다 그는 프랑스 말을 조금 구사할 줄 안다고 한다 밤늦게 쌀 배급 목록을 작성했다 만주와 일본에서 돌아오는 사람들 때문에 가난은 더 확산되고 있다 더 이상 구입할 쌀도 보내오는 쌀도 없다 우리는 보부상들에게 물건을 사들이기 시작했다

불란서 문자로 쓴 영천 10월 6
—1945년 겨울

영천지역주둔군사령관으로 부임한 게이 중위에게 한 무리의 나병환자와 걸인들을 보여주었다 그는 사령관답게 이 불행한 사람들이 읍내 주민들에게 폐가 되지 않는 대책을 마련할 것이다 며칠 후, 그로부터 아주 매력 있는 허가가 떨어졌다 내가 가난한 사람들을 도울 수 있는 현물이나 돈도 기부 받고 모금할 수 있다는 것이었다 그것은 내가 여기서 꿈꾸는 상설구호사업의 기초가 될 것이다 닷새 동안 청년들과 교우 부인들이 가가호호 방문해 2천 엔이나 모았다 읍내 의사들로 구성된 당(黨)에서는 우릴 공산주의자라고 비난하며 가난한 이들을 돕는 걸 거부한다 능력에 맞게 할 일이지, 다른 사람들에게 협조는 왜 구걸하느냐고 빈정거린다

저녁에 게이 중위가 놀러와 축음기를 틀어놓고 수다나 떨다가 화산에서 체포해 막 투옥시킨 사람들과 폭도들을 만나게 해달라고 부탁하자, 그는 내일 오후 한 시에 자기와 함께 가자고 했다 5년 전 같은 날, 내가 투옥되었던 그 감방으로 주둔군사령관 인도로 이 사회의 가련한 패잔병들을 위로하기 위해 갈 줄이야 누가 상상이나 했겠는가!

연합국 신탁통치에 대한 반탁시위는 요란했지만, 효과가

없었다 영천 상인들이 부당하게 경찰에게 괴롭힘을 당하는 사태가 벌어졌다 이를 안 대구 미군정 당국자가 정의를 세워주겠다고 약속했다 미군정이 직접 개입할 것이다 모든 부대가 이동하기 때문에 울산으로 떠나는 미군들을 위해 마지막 미사를 드렸다 그날, 뜻밖에도 제40사단 사령관 크로우레그 대령이 천 장이나 되는 일본 담요를 보내왔다 우리는 그것으로 아이들 옷을 만들 생각이다

쌀값이 또 껑충 뛰었다 어제 140엔이던 것이 오늘은 180엔 넘게 노루뜀을 했다며 읍내 사람들이 투덜거렸다 게이 중위가 포항으로 간다고 한다 짧은 기간, 그는 우리에게 많은 걸 주었다 덕분에 '별십자구호회' 활동을 시작했다 나는 새로 부임한 주둔군사령관 트레시 중위와 인사했다 가톨릭 신자면서 인상이 좋은 그는 그러나 어째 소심해 보인다

불란서 문자로 쓴 영천 10월 7

—1946년 봄

일본 지폐는 3월 2일에서 7일까지 은행에 넣어야 한다 8일 이후 일본 화폐는 통용되지 않는다 굶주리는 사람은 늘어나는데 그들에게 줄 쌀이 없다 만주와 일본에서 돌아온 아이들 가운데서 천연두와 장티푸스로 많은 희생자가 나온다는 전갈이 매일 온다 우리는 죽음 앞에 놓인 많은 사람들에게 세례를 주었다 4월 4일 자천에서 온 쌍둥이 여자아이 윤 예노파가 사흘 뒤 첫새벽에 하느님 곁으로 갔다 두 달 전에 들어온 배은망덕한 장애인 김봉주 노인을 내보냈다 5월 첫 금요일에 받아들인 여자아이 윤 빅토리나가 전신쇠약으로 눈을 감았다 다리가 하나밖에 없는 염 씨의 풍기문란 행위가 발각되었다

곧 떠나게 될 군정경찰 행정업무 책임자 힌클리 중위가 어떤 여자 집에 드나드는 걸 알았다 한국의 현재 상황을 알리기 위해 부산에 있는 한 장군과 만나보라고 내게 권했고, 원하는 대로 경찰서 감옥*으로 드나들 수 있는 권한을 주었던 그가 내게 등 돌린 이유가 설명된 셈이다 새로 온 사령관도 그런 여자관계가 있는 것일까? 힌클리는 나무가 우거진 산을 우리 고아원에 증여했다가 회수하면서 몇 가지 변덕을

부렸다 변덕과 무질서가 미군들 속성인 모양이다

　6월 중순이 되면서 콜레라가 퍼지고 있다는 소식이다. 젊은 의사 주석봉 씨가 여기 와서 저녁을 먹었다 서쪽에서부터 콜레라가 맹위를 떨친다고 말하는 주 씨 눈 밑에는 짙은 그늘이 드리워져 있었다

* 경찰서 '유치장'을 말함.

불란서 문자로 쓴 영천 10월 8

—1946년 9월

원호계에서 약속을 계속 번복하는 바람에 지친 나는 군청과 경찰서가 우리에게 맡긴 다섯 아이를 돌려보냈다 보름 뒤에야 전갈이 와서 군수를 만나러 갔더니, 그는 만 원을 내놓으며 다섯 아이를 데려가라는 것이었다 그동안에 아이들 중 한 명은 죽고 경찰서에서 데리고 있던 한 아이를 포함시켜놓았다 나는 새로운 아이 이름을 이 타대오로 지었다 점심때가 지나서 카다르 신부님과 가톨릭구제회 한국지부장인 메리놀회 캐롤 신부가 빗속에 차를 몰아 왔다 그는 현물로 돕겠다며 우리에게 필요한 물품 목록을 적어 갔다

배급받은 쌀은 화산면에 갖다 주고 그 대가로 군수에게 6분도 보리쌀을 받았다 이 교환은 우리에게 유리한 것이다 나는 여러 가지로 조사한 후 '별십자구호회' 지원 대상 가구를 대폭 줄이기로 결정했다 대구 미군정으로부터 '성모자애원'을 공식 인가한다는 통지서가 왔다 첫 지원금이 46,652원이었고 지난 6개월분도 소급되었다 그날 저녁, 이장 김 씨와 부읍장이 여기에 들렀다 우리는 귀환민들과 성모자애원 식구들을 위한 여러 가지 방안을 모색하면서 교우묘지에 대한 의견도 검토해보았다

남편을 잃고 궁핍한 가운데서 다섯 아이나 기르는 부인
이 또 찾아왔다 나는 그 부인에게 아이 둘만 받아주겠다고
제안했다 그 여자는 아이 둘을 내게 맡기고 갔는데, 그중 한
아이는 이틀 뒤에 도망가고 말았다 같은 날 저녁, 만주에서
온 신자 가족이 찾아왔다 그들은 도중에 낳은 아기까지 식
구가 일곱이었다 나는 세례를 받지 않은 열세 살 여자아이
강분식만 받아들였다 8월 19일에 들어온 어린 이 요한이 죽
었다

24일 시작된 철도파업이 계속 이어지고 있다 공산주의자
들과 공산주의를 가르치는 사람들, 공산주의자로 의심되는
사람들이 계속 투옥되고 있다

불란서 문자로 쓴 영천 10월 9

대구에서 온 편지를 읽으며 읍내 주민들과 관공서 사이 어려움을 짐작할 수 있었는데, 2일에서 3일로 넘어간 새벽 한 시에 민중들 시위가 있었다 군수가 피살되었다 보리공출 과정에서 가혹하게 굴었던 경찰들이 암살당했다 우체국, 군청, 경찰서, 문서국*이 불타고 신한공사**가 훼손되었다 그 과정에서 수많은 집들이 약탈당했다 만주 거지와 일본 거지들 행패는 지악스럽기가 짝패가 없다고 수군거린다 주동자들은 체포되거나 수배령이 떨어졌다 원인은 미군정이 과도하게 강요한 보리공출과 식량배급 중단, 철도노동자들의 열악한 조건, 그리고 물론 독립에 대한 열망 때문이다 가련한 한국!

* 등기소.
** 일제강점기의 동양척식회사를 명칭만 바꾼 미군정 토지 관리회사.

불란서 문자로 쓴 영천 10월 10

―1946년 10월 4일 금요일

밤중에 많은 집들이 약탈당했다 누군지 알아보지 못하게 얼굴에 검은 칠을 한 사람들이 반대파를 찾아다닌다 그들에게 잡힌 사람은 산으로 끌려가 살해당하는 모양이다 대구에서는 우익이 좌익을 진압했다며 영천도 그 대가는 치를 거라고 사람들이 웅성거린다 인민당* 지도부는 극단주의자들로 들끓는다 그들은 극악무도하다 그들이 지주 이인석** 리샤르의 아들과 며느리를 방 안에 가두고 그 집에다 불을 질렀다는 소문이 읍내에 파다했는데 그것은 나중에 헛소문으로 알려졌다

오후 들어 미군***과 경찰이 온다는 소식에 약탈행위가 좀 수그러졌다 저녁 7시 반경, 요란한 총소리로 진압경찰**** 존재를 알리며 커다란 정적이 찾아왔다 피난 온 젊은 여자가 시골 소식을 들려주었다 그곳에서도 경찰들이 피살되고 면사무소 관리들과 경찰 가족들이 집과 함께 불탔다고 한다

* 여운형이 당수로 있었던 중도좌파 계열의 정당.
** 3만석지기로 알려진 영천의 최고 지주.
*** 오후 3시에 미군전술부대 1개 대대가 도착했다.
**** 대구에서 경찰 100명이 도착했다.

불란서 문자로 쓴 영천 10월 11
—1946년 10월 5일 주일

마을이 텅텅 비었다 읍내 풍경은 전란에 휩싸인 도시처럼 황폐하다 수많은 경찰이 범죄자 색출에 돌입하더니 동맹자들과 함께 투옥된 사람 집들을 약탈*했다 이건 조직된 노략질이다 미사 후, 나는 교우들에게 성당에 나오지 말라고 했다

불타버린 경찰서 건물 안에는 수많은 범죄자들이 잡혀와 벽 쪽으로 무릎을 꿇고 얼굴은 바닥에 댄 채 엎드려 있었다 예전 경찰서장에게 찾아가 용평본당으로 갈 수 있는 통행증을 부탁했으나 그는 이제 그럴 자격이 없는 사람이란 걸 알게 되었다

피살된 한 경찰 어머니가 찾아와 옷 몇 점을 내놓았다 밤인데도 불구하고 정녀들이 경찰 수의를 지었다

* 브루스 커밍스는 『한국전쟁의 기원』(446쪽)에서 영천 선교사와 대담한 미군방첩대 보고서(1946년 11월 5일)를 인용했는데, 1946년 10월 30일 일기에서 '미군방첩대 소속 돌리 로버터 중위'가 찾아온 사실이 확인된다.

불란서 문자로 쓴 영천 10월 12
—1946년 10월 7일 월요일

우리 상황이 궁금한 무세 주교님과 카다르 신부님이 특별 허가증을 발부받아 트럭으로 오셨다 나는 격렬했던 대구 소식을 들으며 이번 사태의 목적이 네 가지나 된다는 걸 알았다 그들이 노린 건 경찰과 군정당국 제거, 종교에 대한 공격, 부유층 제거가 목적이었다 한국 사람들은 외국인들이 사라지길 바란다

정오가 지나 카다르 신부님과 남 형사가 살아 있는지 알아보러 갔다가 강에서 엎어진 채로 발견되었다는 그 시신을 보고 말았다 우리는 불타버린 경찰서 잔해를 둘러보고 체포된 백여 명이 벽을 향해 꿇어 엎드려 있는 광경을 보았다. 그 중에 김태규라는 교우 남편이 있었다 경찰서에서는 내 증언만 있으면 그를 석방시키겠다고 했다

불란서 문자로 쓴 영천 10월 13

—1946년 10월 8일 화요일

최 요한 신부가 삼팔선을 넘어 영천으로 오고 있다는 전 갈을 경주의 정 신부가 가지고 왔다 걱정이다 그가 어떻게 경찰 비상선을 뚫고 이곳으로 올 수 있을까 나는 경찰서로 갔다 나와 좋은 관계를 유지하고 있는 사람이 서장으로 승진해 있었다 예전 주둔군사령관이었던 게이 중위에게 받은 허가증으로 투옥된 사람들을 만나러 갔는데, 거기서 경찰이 저지르는 가혹행위를 목격하고 말았다 잔혹했다 드러난 죄가 없고 소송자료도 없는데, 경찰은 잔인하게 투옥자들을 몽둥이로 때렸다 내가 화를 내자 매질이 멈추었다 억울하게 사지육신이 부서진 많은 사람들이 내게 중재를 간청했다

마침 그때, 안면이 있는 미군 장교가 왔다 내가 공권력 남용에 대해 항의하자 그는 구타한 경찰에게 호통친 뒤, 대구 사령관 포츠 대령*에게 이 사실을 알리라고 귀띔해주었다 돌아서 나오는데 다시 매질하는 소리가 등 뒤에서 들렸다

나는 특별우편으로 대구 카다르 신부님에게 편지했다 투옥자들에 대한 가혹행위 고발과 정당한 재판 절차를 거치도

록 군정당국에 요구해달라고 썼다

* 대구 주둔 미군 제2보병 연대장 러셀 J 포츠(Russell J Potts). 그는 대구 10월 항쟁 당시 데모대 진압을 위한 미군 동원 요청에 계엄령이 선포된 상황이 아니라는 이유로 거부했다가 뒤에 하지 장군으로부터 경고처분을 받는다.

불란서 문자로 쓴 영천 10월 14
―1946년 10월 14일 수요일

피살된 경찰 장 크리소스토모 아내가 이른 아침에 찾아왔다 나는 그 여자와 함께 시신 반환을 요구하러 갔다 그들은 오늘 시신을 넘겨주기로 했으니 장례는 성당에서 치를 것이다 나는 경찰서에 가서 재판도 없이 사형선고 받은 사람들을 형 집행 전에 만나게 해달라고 특수경찰에게 요청하니, 영천에서 사형집행은 하지 않는다고 했다 그는 투옥자에 대해 내가 개입하는 게 아주 못마땅한 표정이었다

카다르 신부님을 만나기 위해 플레지어 소령이 찾아왔다 그는 며칠 전에 투옥된 자들이 탈옥을 시도했고, 그 과정에서 경찰 한 명을 죽였다는 것이었다 새빨간 거짓말이다 그는 한국 경찰을 너무 신뢰한다 경찰서에는 내게 밝히지 않은 유치장이 최소한 하나쯤 더 있었다는 걸 나중에야 알았다 내가 무죄증명서를 써준 김태규가 석방되었다

경찰 조력단체인 국민회청년단이 투옥자들 재산을 가로챈다는 소리가 들린다 주동자 중 한 명으로 도주한 제재소 사장 박해근* 부인을 사람들이 보호하고 있다 그 부인과 아이들은 죄가 없는데도 죄인 취급을 받고 있다 내일 그 여자는 시골 어딘가로 숨으러 갈 것이다

오전에 카다르 신부님이 대구에서 미군정과의 교섭 결과
를 알리기 위해 직접 왔다 그곳에서는 동요가 매우 심했던
모양이다 오후에 브러짓 대위가 와서 다섯 사람이 묵을 집
한 채를 요구했다 나는 작업장 건물의 방 하나를 그들에게
제공했다 잠시 후 핸더슨 대령이 우리를 불러 경찰의 악행에
대한 조사를 했다

제재소 사장 박해근이 체포되었다는 소식이 날아왔다 교
우 몇 명을 위협한다는 소문도 들었다 나는 국민회* 대표에
게 면담을 요청했다 그는 내일 오후에 만남을 약속했다

* 『아름다운 사람 루이 델랑드』(안병호, 미다스북스, 2011)에 의하면 박해
근은 루이 델랑드가 운영하는 공동체사업장이었던 제재소 책임자였다.
** '조선독립경북촉진회'와 '반탁국민위원회경북본부'가 통합해 발족한
'경북국민회'로 루이 델랑드는 '국민당'으로도 표기하고 있다.

불란서 문자로 쓴 영천 10월 15

—1946년 10월 15일 이후

영천에서 진행될 재판을 위해 브러짓 대위와 세 남자, 그리고 통역이 파견되었다 대위와 파견대는 이곳에 상주하며 나와 함께 식사를 할 것이다 경찰은 체포한 사람들을 끊임없이 트럭에 실어 읍내로 보내온다 나는 경찰서로 가서 갇혀 있는 박해근과 짧게 인사만 했다 그는 체포 당시 두들겨 맞아 몸이 심하게 망가진 채 누워 있었다 오후에는 경찰서에서 나를 심문하러 왔다 봉기가 일어날 것을 내가 알고 있었다는 밀고 때문이었다 실제로 나는 철도파업을 미리 알았으므로 조만간 심각한 사태가 벌어질 수도 있으니 나라를 위해 기도하라고 교우들에게 권한 적이 있었다 특별사법경찰 지휘관 장 씨가 데리고 온 이십여 명이 성당과 사제관까지 탈탈 털었다

문내동에 사는 이학문이 국민회* 의장 자격으로 찾아왔다 주동자 박해근에 대한 내 견해를 물었고, 나는 경찰의 가혹 행위를 지적했다 경찰은 범법자와 무고한 사람을 구분해야 하며, 투옥자 모두에게 사람대접을 하라는 것이 내 주장이었다 이튿날, 김형태 단장을 앞세운 국민회청년단이 몰려와 박해근에 대해 심문하듯 물었다 만약 박해근이 무죄로 풀려

나게 된다면 그들은 나를 죽이겠다고 협박할지도 모른다 오후에는 포항에서 게이 중위가 보낸 군종신부가 와서 보름 정도 나를 대구로 데려가 보호해주겠다고 제안했지만 거부했다

그저께 내가 가이야르 씨 편에 보낸 편지가 쓸데없지 않았다 주둔군사령관 트레시 중위 명령으로 미군 열두 명이 경찰서에 주둔하기로 했다 여전히 경찰에게 당하고 있는 투옥자들을 보호하기 위해서였다 지난 금요일에 왔던 미군방첩대 소속 돌리 로버터 중위가 다시 왔다 나는 그에게 경찰의 가혹행위와 투옥자들 재산 약탈에 대해 말해주었다 며칠 후부터 사람들이 풀려나오기 시작했다 모두가 심한 통증을 호소하고 있다 국민회에서는 조사위원들이 영천을 떠나게 하려고 압박했으나 그들은 굴복하지 않고 여기 머물러 있다

불란서 문자로 쓴 영천 10월 16

—1946년 11월

50명으로 편성되어 로빈손 대위가 지휘하는 미군 파견대가 도착했다 저녁식사 후에 여기 주둔하는 미군과 오늘 도착한 파견대가 읍내 북쪽 산으로 가 기관총 두 대로 요란한 사격을 했다 요즘 축제 분위기에 젖어 있는 공산주의자들이 들으라는 시위였다 이튿날, '한국에서 미군정 지도자의 의무와 권한의 위기'에 대해 길고 격렬한 토론이 벌어졌다 브러짓 대위는 한국경찰의 자질을 너무 신뢰한다 나는 브러짓 대위 귀에다 분명하게 박아주었다 어느 날엔가 초래될 격렬한 소요 때문에 어제 저녁 그 기관총이 행동할 날이 올 것이라고

로빈손 대위와 파견대는 이틀 뒤 영천을 떠나 대구로 갔다 경찰의 가혹행위 사건을 조사하기 위해 대구 법원에서 조사위원이 나왔다 나는 그에게 내가 목격한 일들과 가치가 있는 정보는 모두 알려주었다 해거름에 군정 도지사 아도어 대령과 포항사령부 에스테브 중령이 미곡수집 때문에 온 대위와 함께 여기서 저녁을 먹었는데, 나는 생각도 못한 밀가루를 쉰일곱 자루나 얻었다

불란서 문자로 쓴 영천 10월 17

—1946년 12월

모두 열한 명이 점심을 먹었다 그중에는 보급책임자 존스 중령과 미군방첩대 조사관 워너 씨도 있었다 미곡 수집 문제로 여기 머무는 브러짓 대위가 곧 새로운 재판관들이 올 것이라고 알려주었다 군청에서 쌀 스무 자루를 가져왔는데 들어보니 자루들이 많이 가벼워졌다

여기 있는 장교들과 경찰서장 사이에 격렬한 논쟁이 있었다 며칠 뒤, 미군 장교들이 대구로 가 서장을 고발했다 그는 석방시켜야 할 사람들을 포로로 잡고 있었던 것이다 대구경찰서 높은 사람인 김 씨가 이곳 경찰서를 조사하러 왔다 나는 그에게 여러 가지 정보를 건네주었다

브러짓 대위가 사냥 갔으나 아무것도 잡지 못한 날, 대구에서 워너 씨가 다시 왔다 그는 국민회에서 작성한 강제징세 대상자 명단, 체포대상자 명단, 경찰서장이 그 명단으로 받은 현금 명세서와 5만 원 청구목록까지 압류했다고 한다 다음해 1월, 남 씨는 면직되고 말았다

불란서 문자로 쓴 영천 10월 18

—1947년 2월

다가올 3월 1일을 겨냥한 혁명이 준비되고 있다는 소문이 무성하다 나는 이곳 사람들이 준비하는 일들을 알리기 위해 대구사령관에게 편지했다 여기 사람들은 미국인이 쌀을 일본으로 가져가는 바람에 분란만 조장했다고 비난한다 경찰은 믿어서 안 된다 행정당국은 적대집단이라고 시골 사람들이 수군거린다 민중들과 직접 대화해 그들이 원하는 걸 알아내고 거짓은 가려낼 필요가 있다 그래서 나쁜 일이 시작되기 전에 막아야 한다고, 길게 적었다

박해근에게 변호사가 정해지면서 재판이 시작되더니 무죄로 석방되었다 떠나는 군수가 아침에 들렀다 그는 경쟁자와 그 자리를 놓고 다투었지만 어쩔 수 없었다 강 세쿤다 동정녀가 우리와 맞서서 못할 짓만 하더니 정녀들 곁을 떠났다 작년 10월부터 일한 요리사에게 첫 봉급을 드렸다

불란서 문자로 쓴 영천 10월 19

—1947년 봄, 이후

대구에서 재판이 열린 3월 22일, 이 지역 혁명가 아홉 명에게 사형*이 선고되었다 정의가 준수되었는가? 사람들은 복수였다고 말한다 박해근이 다시 체포되었다 마찬가지로 많은 젊은이들이 끌려갔다 민중들 흥분은 가라앉지 않는다 6월 들어 시위가 있을 것이라는 소문이 확산되고 있다 이번에는 매우 격렬할 것이라고 한다 경찰은 밤 순찰에서 수상한 자들을 계속 잡아들인다 8월 15일을 겨냥한 시위가 준비되고 있다고 뤼카 신부님이 알려왔다 며칠 전 우리는 보리 공출에 합의했는데, 공출에 응하는 자들은 죽이든가 불태우겠다며 겁박한다는 것이었다

어제부터 청년단체 회원들이 좌파세력을 진압하기 위해 읍내에 머물고 있다는 소식이다 이튿날, 서북청년단장이 성당에 와서 강연을 하고 갔다 나는 그 사람 이름을 굳이 머릿속에 넣어두지 않았다

* 구속된 600여 명 중에서 사형을 언도받은 이 아홉 명은 이듬해 6월까지 이어진 재판 끝에 대부분 무기형으로 감형되었다.

문을 닫다[*]

오랜 속박 뒤에 찾은 자유는 당장 실감하지 못한다 했던
가요?
일본 점령에서 벗어난 한국이라는 나라가 그랬습니다
태평양전쟁 말기,
궁지에 몰린 일본에 의해 빈 껍질만 남아
문화, 행정, 상업 어디에도 양성된 인재가 없었답니다
이 땅에 남겨진 일본인들은 응징 받지 않았지만
한국인들 사이에는 나쁜 본능이 휘몰아치고 말았습니다

1946년 10월 3일, 갑자기 영천에 내란이 일어났으니
마지막까지 일본 옹호자면서 재산이 많은 경찰들이 그 표
적이었지요
역사가 그랬듯 여기서도 미군이 도운 응징세력이 이겼고
그들 또한 폭도들만큼 잔인했습니다
빨갱이 동네라고 소문난 이 작은 읍내에서
나는 암살과 보복이 난무하는 비극의 시간을 지켜보았답
니다
무질서한 자유와 이 나라에 맞지 않는 정치를 들여온 미

국인들은

그러나 내란을 억재하지 못했지요

그해 10월 3일 경찰 스무 명이 암살되었고
그 보복으로 재판도 없이 마흔 명이 학살당했습니다
양쪽 진영에서 백 명도 넘게 희생된 뒤에야
내가 미군정에 항의해서 겨우 재판이 이루어졌고
나는 다섯 달 동안 미국인 재판관들에게 밥과 잠자리를
제공했습니다
내가 대담하게 경찰서로 들어가 중재하지 않았다면
훨씬 더 많은 희생자가 발생했을지도 모릅니다

친애하는 파리 외전방교회 벗들과 통신원 여러분
1940년 4월 용평본당을 떠나 영천성당으로 옮긴 지 10년,
너무 늦은 첫 소식입니다
그간의 긴 침묵에 대해 용서를 빕니다
나는 영천을 떠나 백 리 동쪽 바닷가 포항에 막 정착했습
니다

미래는 어떠냐구요?

이곳에서도 앞날에는 작은 일들만 있지 않고

크고 오래 걸리는 일들이 많을 것임을 알고 있습니다

* 루이 델랑드가 1950년 6월 1일 파리 외전방교회 벗들에게 보내는 편지를 발췌, 첨삭, 재구성했다.

발문

기룡산 산돌배나무의
삼백쉰여덟 살 된 생산성이라니!
― 이중기의 시세계

박승민(시인)

‘영천’ 하면, 나는 백무산과 이중기 시인이 자동 연상된다. 물론 ‘영천’은 한국 최초의 신춘문예 여성 소설당선자인 백신애와 「수난이대」 등을 통해 일제강점기와 6.25전쟁의 상흔을 핍진하게 그려낸 하근찬 소설가의 고향이기도 하지만, 80년대에 문학을 수학한 자(者)로서, 현장 출신의 독보적인 노농(勞農) 시인이자 여전한 현역인 이 두 시인이 없는 ‘영천’은 상상하기 어렵다.

이중기 시인은 자신이 태어난 영천을 떠난 적이 거의 없다. “도시에서 지고 돌아오니 스물아홉, 도망친 거기였다” 이후로 자신의 아버지들처럼 “옛날 경전”인 땅에 농사를 짓는 사이 환갑을 훌쩍 넘겨버렸다. 내가 아는 시인 이중기는 어떤 문학적 연도 맺지 않는다. ‘문단’이라는 곳 자체를 모른다, 모른 척한다(아마 그가 가입한 유일한 문학단체는 〈대경작가

회의〉일 것이다). 다만 그는 자기 대지와 자기 詩에만 소속될 뿐이다. 그가 생계로 삼는 복상밭이나 "오래된 책"인 먼 들판, 들판 위로 지는 노을이나 막걸리, 그 사이로 언뜻언뜻 나타나는 자기 외로움을 공부 삼아 농사를 짓듯 시를 쓸 뿐이다. 때문에 '이중기 문학'의 핵심은 일체의 외부적 장식을 걷어낸, 오직 시만을 섬기는 그 '결벽증'에 있을 것이다. 그는 대지라는 "원본"에서 길어 올린 결벽한 '시의 사제'로서만 존재한다. 지역작가라는 외로움과 허명의 유혹에 흔들릴 때마다 나는 '시인 이중기'의 이 비타협적 외로움을 오래, 생각한다. 그러나 누가 무슨 말을 해도 '좋은 시(시인)'가 있는 곳, 그곳이 문학의 중심일 것이다. 나는 '영천에 사는 시인 이중기' 말고 이런 근본주의자를 그 어디에서도 찾아볼 수 없다.

이중기 시인의 시세계는 크게 두 시기로 나눌 수 있다. 첫 시기의 시집으로는 『식민지 농민』과 한국 농민시집 중 가장 빼어난 시집 중의 하나인 『밥상 위의 안부』,『다시 격문을 쓴다』,『오래된 책』 등 주로 농촌 현실을 다룬 시집들이 여기에 속한다.

핏빛 석양 속으로 지는 30년 '한국농업사'

이중기 시인의 신작 시집 『정녀들이 밤에 경찰 수의를 지었다』를 읽으면서 든 첫 느낌은 우금치 전투에서 패하고 장렬하게 쓰러져가는 동학농민군의 뒷모습 같은 것이었다. 핏빛 석양 속으로 몰락의 길을 걷고 있는 '한국농업사'와 그 뒤를 참담한 심정으로 따라가는 한 늙은 사내가 눈에 어른거렸다. 그는 여전히 "맨발에 고무신이 편해지는 예순도 훌쩍 넘겼는데/나는 아직 야성 팔팔한 농민 쪽에 서 있다"(「나는 아직 멀었다」)라고는 하지만, 그에게도 조금씩 "영천강 갈대밭도 보이기 시작"하면서 "내가 날 내려다보며 골똘해지는 나이"가 된 것이다. 늘 날이 선 채 팽팽하던 이중기 시인의 문장에도 어떤 서정이 개입하고 있다는 직감이다. 그런 자신이 어색한지 "몽돌이 우는 먼 바닷가로 가 전향할 수도 없"다는 행간 속에는 어떤 '진퇴양난'의 감정이 깊고도 복잡하게 흐르고 있다.

나는 사표 수리가 안 되는 아직 젊은 농사꾼,

두 자 높이로 폭설 쌓아놓고 억수장마도 걸어놓고 오지가 되었네

오래전에 떠난 시간들이 느닷없이 돌아와 손 내밀면서

몸 섞어 거문고 소리 내는 영천강 갈대밭도 보이기 시작했네

두길보기로 명함 건네며 몽돌처럼 살지 못한

내가 날 내려다보며 골똘해지는 나이,

발뒤꿈치 들고 살그미 온 서정시가 옆구리 집적거렸네

기어이 「서정시에 대한 경고」까지 쓰고 말았는데

몽돌이 우는 먼 바닷가로 가 전향할 수도 없었네

-「오지, 예순하나」 부분

그런데 이중기 시인의 이런 변화는 연식(年式)이 준 삶에 대한 인식 전환일 수도 있지만, "농사 경력 서른두 해"를 거치면서 마침내 "촛불정부"도 들어섰고, "하늘이 깊어서 농사가 높은 줄 안다는/민주노동당에" 가입했으나 "촛불정부"도, "민주노동당"도 한국농업에 대해서는 어떤 구원도 되지 못한다는 깊은 좌절감이 더 큰 원인이다. 정권이 바뀔 때마다 수십 년을 반복해온 절망감과 "신자유주의"와 '기후위기'마저 겹치면서 "복숭아 포도 묘목이 불티나게 호남으로 팔려나갈 때/백도 황도 향이나 팔아먹는 장사치 농사꾼 주제에/신자유주의 냉큼 수용해버린 호남평야/지평선 째려보며 끌탕하는 이 형용모순은 또 무엇인가//영역을 넓힌 사과 북방한계선에서 바라보니/구성없는 한국농업정치사와 나, 제법 얼룩덜룩하다"(「나와 한국농업정치사」)처럼 신자유주의에 '투항하는 농민'들이나 (복숭아)향이나 팔아먹으면서 "얼룩덜룩"해져버린 자기모순이야말로 이런 변화의 가장 결정적인 요인이라 할 수 있다. 이중기 시인은 "딸 부잣집 제사 맡을 주손(冑孫)으로 낙점"되어 "읍내 작은집으로 끌려갔다"가 "도망쳐 자퇴서 던지고 허랑허랑하다"가 "도시에서 지고 돌아오니 스물아홉, 도망친 거기"인 고향으로 회항한 뒤, "수입 송아지 키우다 망한 농민들 소몰이투쟁 기웃거린 때부터/갈 꽃 피는 달밤 걸어가 별빛으로 격문 쓰며 소주병 수없이 무 너뜨린 적반하장의 날들/옹근 서른 해,/누군가의 풍경이 아 니라 들판의 전위였던/우루과이라운드에서 신자유주의까 지"를 거치면서 싸움의 일생을 보냈지만, 그는 이제 지쳐버 린 것이다. 여기서 뼈아픈 대목은 그가 34년간을 매달린 '농 사'에 졌다기보다는 '한국농업정책'에 져버렸다는 점이다. "구름수염 너불너불한 농부"마저 포기할 지경에 이르렀다는 점이다. 마침내 "나는 아이들에게 농경문화 유장함도 물려 주지 못한 죄 많은 족속,/귀뚜라미 시늉 빗소리로 글썽이다 신자유주의로 투항했다"라는 문장에 이르면 한 시대의 저무 는 한국농업사가 서글프게 다가온다.

1946년 10월, 영천

농촌 현실에 밀착되었던 이중기 시인의 시는 해방 이후 최 초의 민중봉기라고 할 수 있는 '영천, 대구의 10월 항쟁'을 기점으로 새로운 국면을 맞는다. 즉, 시간적으로는 당대에서 그 이전 시기로, 계층 면에서는 농민에서 민중 전체로 확장 되면서 한국사회의 구조적 모순의 근(根)에 더 접근해 들어 가게 된다. 이 시기의 시집들은 이중기 시의 제2기에 해당하는 것들로 『시월』, 『영천 아리랑』, 『어처구니는 나무로 만든 다』 등이 있다.

해방은 되었지만 점령군으로 들어온 미군정은 한국정치에 대해 무지했다. 미군정은 오히려 전국의 쌀을 공출해서 일본으로 보내기 시작한다. 해방 조선의 민중들이 굶는 것보다 전범국 일본국민들이 굶는 것이 그들은 '전략적'으로 더 중요했다. 이에 비협조적인 농민들을 윽박지르며 "군청 직원도 경찰도 나락 가마를 쟁"이기 바빴고, 이렇게 전국에서 모은 쌀들은 "화물기차 열여덟 칸 꽉꽉 채운 곱배"를 끌고 "기적도 우렁차게 부산 부두로" 실려 간다. 이렇게 해서 수탈한 쌀이 물경 "오백만 섬"에 달하니 영천이나 대구에 쌀이 남아날 터가 없었다. '쌀'이 곧 '밥'인 조선민중들 입장에서는 미군정과 친일경찰들에 대한 반감이 증오로 바뀌고 마침내 1946년 10월 1일 영천, 대구를 중심으로 "쌀을 달라"는 민중들의 요구가 빗발치게 된다. 10월 1일과 2일, 양일에 걸쳐 대구에서만 경찰의 발포로 24명이 사망한다. 사태는 걷잡을 수 없어지면서 영천을 포함한 경상도 70여 개 시군으로 그 규모가 확대된다. 특히 영천의 경우 1만여 명의 민중들이 영천경찰서를 습격, 600여 명이 구속되고 쌍방의 인명 피해는 짐작조차 할 수 없을 정도였다. 남자들이 몰살당한 마을에서는 한날한시에 제사를 지내는 참상까지도 벌어진다.

　이번 시집에서도 '영천, 10월 항쟁'에 대한 흐름은 이어지는데 프랑스 파리 외전방교회에서 파견한 선교사인 루이 델랑드의 "선교 노트"가 중요한 텍스트로 쓰인다. 델랑드가 본 1945년 8월 17일, 해방 후의 영천 풍경은 이렇다. "밤, 읍내 동쪽 일본군 숙영지가 비워지자 사람들이 식량, 옷가지, 세간살이며 눈에 띄는 건 몽땅 약탈해 갔다 김동욱 마티아 신부가 19일 저녁 대구에서 왔다 '흥분의 도가니'라고 그는 말했다 절과 개신교가 아주 소란스럽다고 한다"(「불란서 문자로 쓴 영천 10월 1」) 해방은 한쪽에서는 흥분의 도가니였지만, 그 반대쪽에서는 정파 간의 극심한 대립과 '식량난', '물가폭등'이기도 했다. "갈수록 읍내는 무질서가 심해진다 만나는 사람마다 공산주의, 민주주의, 농민조합만 들먹인다 별동대가 경찰서를 점령하고 경찰 몇 명을 감금하는 사이 나머지 경찰들은 도망쳤다 사람들은 오로지 복수, 권력, 재물만 취할 생각으로 빚 갚기도 거부한다"(「불란서 문자로 쓴 영천 10월 2」) 특히 45년 10월에 쓴 메모에는 "물가폭등"과 "식량배급" 등의 불만이 쌓이면서 '영천의 10월'이 필연적으로 내재되어 있다는 점이 흥미롭다. "쌀 한 말에 90엔이고 갈치 한 마리가 15엔이다 너무 많이 풀린 돈이 물가폭등 원인이다 11월 1일부터 식량 배급을 없앤다 어떻게 살아갈 것인가? 그것이 가난한 월급쟁이, 식구가 많은 가정의 근심이다”(「불란서 문자로 쓴 영천 10월 3」) 특히 “만주와 일본에서 돌아오는 사람들 때문에 가난은 더 확산되고 있다 더 이상 구입할 쌀도 보내오는 쌀도 없다 우리는 보부상들에게 물건을 사들이기 시작했다”거나 “쌀값이 또 껑충 뛰었다 어제 140엔이던 것이 오늘은 180엔 넘게 노루뜀을 했다며 읍내 사람들이 투덜거렸다”라는 대목에서는 “10월”이 빠르게 다가옴을 실감할 수 있다. “6월 중순이 되면서 콜레라가 퍼지고 있다는 소식이다. 젊은 의사 주석봉 씨가 여기 와서 저녁을 먹었다 서쪽에서부터 콜레라가 맹위를 떨친다고 말하는 주 씨 눈 밑에는 짙은 그늘이 드리워져 있었다”(「불란서 문자로 쓴 영천 10월 7」) ‘식량난’과 ‘배급제’, ‘물가폭등’에 대한 누적된 불만, 미군정의 고압적 정책과 친일경찰들의 탄압이 고조되자 대구를 비롯한 영천 등에서는 대대적인 민중저항운동이 일어나게 된다. 46년 10월 3일자 델랑스 선교사의 메모다.

대구에서 온 편지를 읽으며 읍내 주민들과 관공서 사이 어려움을 짐작할 수 있었는데, 2일에서 3일로 넘어간 새벽 한 시에 민중들 시위가 있었다 군수가 피살되었다 보리공출 과정에서 가혹하게 굴었던 경찰들이 암살당했다 우체국, 군청, 경찰서, 문서국이 불타고 신한공사가 훼손되었다 그 과정에서 수많은 집들이 약탈당했다 만주 거지와 일본 거지들 행패는 지악스럽기가 짝패가 없다고 수군거린다 주동자들은 체포되거나 수배령이 떨어졌다 원인은 미군정이 과도하게 강요한 보리공출과 식량배급 중단, 철도노동자들의 열악한 조건, 그리고 물론 독립에 대한 열망 때문이다 가련한 한국!

-「불란서 문자로 쓴 영천 10월 9」

드디어 '영천의 10월 항쟁'이 터지고, 경찰은 막대한 피해를 입는다. "밤에 정녀들이 경찰 수의를 짓는 계면쩍음도 거기 걸려 있었다"(「문을 열다」)라는 문장을 통해 우리는 죽은 경찰이 "정녀" 즉, 수녀들이 밤을 새워 지은 수의를 입고 장사를 지낼 만큼 상황의 다급함을 엿볼 수 있다. 곧이어 군정청과 경찰들의 반격이 시작된다. 이 개입에서 무차별적인 보복이 이루어진다. 항쟁에 참여했든, 참여하지 않았든 간에 내 편이 아니면 모두 적인 사태가 벌어진다. "체포된 백여 명이 벽을 향해 꿇어 엎드려 있는 광경을 보았"다거나 "투옥된 사람들을 만나러 갔는데, 거기서 경찰이 저지르는 가혹행위를 목격하고 말았다 잔혹했다 드러난 죄가 없고 소송자료도 없는데, 경찰은 잔인하게 투옥자들을 몽둥이로 때렸다"거나 "경찰 조력단체인 국민회청년단이 투옥자들 재산을 가로챈다는 소리가 들린다 주동자 중 한 명으로 도주한 제재소 사장 박해근 부인을 사람들이 보호하고 있다 그 부인과 아이들은 죄가 없는데도 죄인 취급을 받고 있다"라는 소문들은 당시 '영천'이 무정부상태임을 짐작게 한다.

"삼백쉰여덟 살"된 "자궁"에서 태어나는 생명들

그러나 이중기 시인의 이번 시집에서 가장 주목할 점은 영천지역에 구전되어 내려오는 여러 인물들을 형상화한 2부의 시들이다. 이는 이중기 시인의 시가 농촌 현실과 '영천의 10월 항쟁'에서 서서히 벗어나 더 넓은 민중서사로 확대되고 있음을 말한다. 더 중요한 점은 이 서사의 주인공들이 대부분 영천지역을 기반으로 한 여성들이라는 점이다. 역사적으로 볼 때, 지역일수록 봉건적 유교질서가 강하게 남아 있고, 제도나 관습에 의한 피해는 전적으로 여성에게 전가되어 왔다. 그러나 이중기 시인의 이번 시집은 소외와 번외로 취급되었던 '여성'을 역사의 중심으로 '격상'함으로써 지역 여성에게 새로운 지위를 부여했다는 점에서 중요한 의의를 갖는다. 이중기 시인에게는 남녀의 차별이란 애초에 없었던 듯하다. 가령 "생산 못한 김씨 할매 미륵처럼 앉혀놓은 채/생트집으로 권씨 집안 처녀 들여 겨우 대나 이은/노루목 할배가 어찌 채찍 후려 말달린 조선 장부였으랴/괴나리봇짐 등에 맡긴 비루한 노새 몰아 오명가명/도랑물로 겨우 목이나 축인 구름건달이었으리"(「입암에서 머리 숙이다」)에서 보듯, 대를 못 잇는다는 명분 아래 축첩을 당연시한 당시의 남성 중심의 "문중권력"에 대해 가차 없는 비판을 가하고 있다. 휴전 한 해 전, "바람나 도망간 어미와 노름판 기웃거린 주정뱅이 외딸"로 자라, 아버지가 죽자 "머슴방으로 시집갔다가/날 밝자 지아비 안채로 모"신 후, 머슴을 지아비로 삼아 "지아비 형제 다섯 불러/만 평, 갱변 호박돌 들어내고 능금나무 심"어 일가를 이룬 「윤영실전」의 "윤영실"은 금과옥조와도 같았던 반상(班常)의 구분마저 엎어버린 '혁명적' 여성이다. "열아홉에 맹서한 남자는 월남전에서 돌아오지 않았고, "스물셋에 만난 남자"는 "아라비아사막"으로 가버리고, 이리저리 사내를 겪은 뒤, "서른여섯"에 성도 없는, "역전 구두닦이가 꿈인 육손이"를 낳고도 "어화둥둥" 다시 "생이 싱싱해"진 「산초나무 여자」의 "제월순". "제월순"의 경우는 여성성의 끈질김과 생명 탄생의 환희를 동시에 보여준다. 이 밖에도 「흑발 한 뭉치」나 「월남치마 그 여자」, 「얼금뱅이 미륵」, 「홍옥 가슴」 등도 의미심장한데, 이런 인물들을 통해 이중기 시인은 가부장제라는 틀을 훌훌 털어버리고 새로운 판을 짠 '여성성'의 위대함을 되살리고 있다.

시집살이 첫 밥 지은 아궁이에 불쏘시개 삼아버린 것,
끝자 조야 눔이 꼭지 섭섭이는 슬픈 옛날 여자들 이름이었지
숯을대문 지나가다 코끝에 묻힌 고기 비린내로 한 끼 잘 먹었던

막사발 같은 그 이름 앞에 당당할 사내 없다

빠각빠각, 빠가사리 울어 목화송이 하얗게 터지는 읍내 변두
리 냇가 마을
내가 아는 섭섭이 할매는 소가로 살다 한 남자 땅땅 거느
렸다
열일곱에 늙은 사내에게 팔려 골목집으로 숨었다가
해방 다음 해 가을에 가족 잃고 장독 오른 영감 탕약이나 달
이다가
코딱지 후벼 파듯 그 영감 사랑채로 들어내고 딸깍발이 하
나 불러 앉혔다
그 사내, 일곱은 소작인 주고 셋만 먹자 했다
근본은 어쩔 수 없어 늦가을까지 호미자루 놓지 않고 몸 부
리면서
만주 간 빚진 아비 기다리다 여든까지만 섭섭하게 살았다

온 산야 초록 캐고 뜯고 꺾어다 식구들 목구멍 추슬렀던 치
마폭들
자정 지나 들이닥친 빨치산 보리쌀 반 말 한저녁도 짭짤하
게 차려낸 깜냥들
두 칸 움막 애옥살이 추녀에도 곡선 출렁출렁 유장하게 살려
낸 우리 낭자머리들

살펴보면, 들판마다 벼랑 찾아가는 메꽃은 피어 있다

-「슬픈 이름들」 전문

「슬픈 이름들」에 나오는 "끝자 조야 눔이 꼭지 섭섭이" 같은 "슬픈 옛날 여자들". 그러나 실은 이들이 "온 산야 초록 캐고 뜯고 꺾어다 식구들 목구멍 추슬렀던 치마폭들/자정 지나 들이닥친 빨치산 보리쌀 반 말 한저녁도 짭짤하게 차려낸 깜냥들/두 칸 움막 애옥살이 추녀에도 곡선 출렁출렁 유장하게 살려낸 우리 낭자머리들"이 아니었던가! 한편 소록도에서 평생 나환자들을 돌보느라 "젊은 몸, 소록도에 가둬 늙어버린/마리안과 마가레트/오스트리아에서 왔으나 치마폭이 넓었던 사람"(「마리안과 마가레트」)을 통해 '여성성'은 지역성마저 가볍게 넘게 되는데, 이는 여성성의 무한확장성과도 묘하게 닮아 있다.

달의 뒤편 같은 기룡산 북쪽 구름공장 산돌배나무에 어깃장 놓으러 간다
백 번을 소스라쳐 굽이치며 화낭기 낭자한 인공 호수 쪽 벚꽃길은 버리고
소가 쟁기 끄는 산밭 아래 횡계계곡 물소리 옆구리에 차고 가는

이 길은 해방정국 주의자들이 발명한 기룡산 슬픈 북벽北壁
이다

상형문자처럼 수많은 어휘를 가져 슬픔이 깊은 사람도 거기
흘러가 산다

두 벽을 통유리로 세운 집 비밀정원으로 떠돌이별 불러 밥상
차려주는 사람

가시 오밀조밀한 엄나무 몇 그루쯤 품었을 것도 같이 수줍
음이 많아

그 여자 사람이 멀찍이 두고 끔찍한 산돌배나무가 지금 막

삼백쉰여덟 살 자궁으로 뭉실뭉실 밀어내는 연금술인 뭉게
구름의 저 순결한 폭발!

하염없이 몰려오는 수만의 꿀벌 잉잉대는 소리로 산돌배나
무는 거대한 거친물결구름이다

저 거친물결구름이 해방정국 누군가가 북명北銘해놓은 것이
라고 나는 우기고 싶은데

이 구름공장 외상 장부에 이름 올려놓고 일곱 해나 시 한 편
이 없냐고 눈 흘기며

안내판은 한사코 조약돌이 모래가 되는 삼백오십 년 저쪽을
가리키지만

나는 또 해방정국 산돌배꽃 향기 속으로 지나갔을 한 주의
자 떠올리는 것이다

참 악다받게도 그이가 풍찬노숙으로 세우고자 했던 것이 있

었다면

　　슬픈 내 어깃장이야 산돌배나무 연금술인 뭉게구름이라고
막 우기는 것이다

-「기룡산 북쪽 산돌배나무」 전문

　　그런데 이중기 시인의 '여성성'은 단순히 인간 중심의 '여
성성'만을 뜻하지는 않는다. "산돌배나무가 지금 막/삼백쉰
여덟 살 자궁으로 뭉실뭉실 밀어내는 연금술인 뭉게구름의
저 순결한 폭발!"(「기룡산 북쪽 산돌배나무」)에서 보듯 '자연
의 생산성'과 깊이 연관되어 있는데, 이런 시적 발견은 놀라
운 득의(得意)이다. 해방정국에서 수많은 "주의자들"이 어떤
결단의 시간이 오면 마치 무슨 제의(祭儀)처럼 마지막 인사
를 드리듯 찾던 곳, "산돌배나무"는 "삼백쉰여덟 살"된 "자
궁"으로 끊임없는 "뭉게구름"을 피워 올린다. 세상에 "삼백
쉰여덟 살"된 생산성이라니! 그런 점에서 이중기 시인이 말
하는 '여성성'은 인간을 넘어선 '자연의 생산성'이자 죽은
것을 되살리는 '재생'의 성격을 갖는다. 그래야만 비로소 완
전한 형태의 '여성성'이라고 이름 붙일 수 있을 것이다. "가
이아" 이론에서 보듯 생명성은 원래 여성의 것이었다. 이는
생명의 출산만을 의미하는 것이 아니라, 황폐화된 자연을
복원하는 힘으로서의 '여성성'에 더 방점이 찍혀 있다. 「산
초나무 여자」의 "제월순"의 '생산성'이 인간의 영역 안에서

133

만 기능한다면, "삼백쉰여덟 살"된 "자궁"으로 끊임없는 생명의 폭발 현상을 보여주는 "산돌배나무"는 천지현황(天地玄黃)을 살린 생명의 '본태'로서의 '여성성'이자 '생명성'이라고 말할 수 있다.

그런 점에서 이중기 시인의 "기룡산 북쪽 산돌배나무"는 인간 탐욕이 빚은 결과물인 코로나시대, 더 나아가 진퇴양난인 이 자본문명과 고사(枯死) 직전의 이 우주를 살릴 놀라운 '시적 발견'이자 새로운 '반전'이라고 할 수 있다.

이중기

1957년 경북 영천에서 태어났다. 1992년 시집 『식민지 농민』을 펴내고 《창작과비평》 가을호에 시를 발표하면서 작품 활동을 했다. 시집으로 『숨어서 피는 꽃』, 『밥상 위의 안부』, 『다시 격문을 쓴다』, 『오래된 책』, 『시월』, 『영천아리랑』, 『어처구니는 나무로 만든다』가 있으며, 연구서 『방랑자 백신애 추적보고서』와 『원본 백신애 전집』(편저)이 있다.

산지니 시인선